KB236297

닿지 못해
닳은 사랑

닿지 못해 닳은 사랑

초판 1쇄 발행 2026년 1월 20일
초판 2쇄 발행 2026년 2월 10일

지은이 히코로히
옮긴이 권남희
펴낸이 한승수
펴낸곳 문예춘추사

편집 구본영
디자인 이새봄
마케팅 박건원, 김홍주

등록번호 제300-1994-16호
등록일자 1994년 1월 24일
주소 서울특별시 마포구 동교로 27길 53, 309호
전화 02 338 0084
팩스 02 338 0087
메일 moonchusa@naver.com

ISBN 978-89-7604-770-0 03830

히코로히 지음
권남희 옮김

닿지 못해

닿을 수 없

문예춘추사

차례

"바보네"

"미안해, 아야카. 정말 미안. 내가 쓰레기였어."

이 목소리와 이 표정을 지금까지 몇 번이나 보았을까. 그리고 앞으로 몇 번이나 더 보게 될까. 그의 등 뒤에 덕지덕지 붙어 있는 문어 와사비무침, 닭튀김 같은 손글씨 메뉴판을 바라보면서 멍하니 그런 생각을 했다.

이자카야 한구석, 무겁고 눅진하게 가라앉은 공기가 나와 리쿠 사이를 떠돌았고, 코로 숨을 들이마시면 폐 깊숙이까지 그 찐득함이 달라붙을 것 같아서 숨 쉬는 것도 두려웠다.

테이블 위에 놓인 보일드 샐러드는 채소 하나하나가 아까보다 빛을 잃어 맛없어 보였다. 붉었던 토마토는 진한 갈색으로 변했고, 초록이 선명하던 양상추는 칙칙해졌다. 그렇게 색을 잃어가는 요리를 바라보는 일은 늘 있는 일이다. 다음에 의식

했을 때쯤이면 이 작은 접시는 어딘가 일그러져 있을 것이다. 그렇게 또 한참 시간이 흐르면 주위 손님들 말소리가 점점 매미 울음처럼 들리기 시작할 테지. 이 모든 것은 늘 반복되는 일, 이미 다 알고 있는 일이었다.

"알겠어."

"미안, 정말. 미안."

미간을 찌푸린 채 눈을 가늘게 뜨고, 어금니가 쑤신 듯 말하는 리쿠의 얼굴도 언제나 보아오던 모습이었고, 희미하게 끄덕이는 나 또한 늘 해오던 짓이었다.

"됐어. 반성한다면."

"정말? 정말로 미안해. 이제 너를 아프게도, 슬프게도 하지 않을게. 아야카를 정말로 소중히 아낄 거야."

리쿠는 단단히 마음먹은 듯, 비장한 기색으로 말했다. 나는 오늘도 또 '참고표(※)구나' 하고 생각했다. CD에 들어 있는 가사 카드의 후렴 부분에는 윗줄에 참고표가 작게 찍혀 있고, 후반부가 되면 '참고표 반복'이라는 말로 생략된다. 리쿠는 이런 때면 꼭 처음 하는 말인 듯 새로운 표정을 지으며 무언가를 말하지만, 대부분은 결국 참고표처럼 되풀이되는 말이었다. 심지어 그 되풀이된 말을 애절하고 공손하게 내뱉는 것조차 늘 있는 일이었다.

"그럼 말이야, 마사야 씨한테 전화해도 돼? 나 진짜 상담 많이 했거든."

그렇게 말하곤, 리쿠는 내 동의도 없이 '마사야 씨'에게 전화를 걸어, 한 번 더 기회를 얻었습니다, 하고 웃더니, 자, 아야카, 하면서 스마트폰을 내게 건넸다. 마사야 씨가 잘됐네요, 라고 해서, 나는 감사합니다, 하고 말했다. 내 몸이 서서히 줄어들어, 참고표 오른쪽 아래 찍힌 작은 점이 되어버린 것 같았다.

◇

"헐! 결국 화해한 거야? 왜?"

예상보다 훨씬 큰 햄버거가 나왔다. 나쓰코는 어떻게 손을 대야 할지 몰라 몸을 앞으로 숙이고 패티와 양상추를 유심히 살펴보다가 번쩍 고개를 들더니 그렇게 말했다. 하라주쿠의 카페 옥상 테라스석에는 가을이 저물 무렵임에도 해가 정면으로 쏟아졌다. 니트를 입고 올 게 아니라 반소매를 입어야 했다고 나는 조금 후회했다.

"아니, 사과하니까 그냥 용서할 수밖에 없잖아."

"너 늘 그렇잖아. 리쿠 씨는 같은 말만 되풀이하고, 맨날 비슷한 짓을 저지르잖아."

"응. 그렇긴 한데. 되풀이하는 건 나도 마찬가지야."

"너는 뭘 되풀이하는데?"

"용서하는 거."

"바보네."

나쓰코는 그렇게 말하며 웃었다. 누런 종이에 대충 싸인 햄버거를 양손에 쥐고, 손을 입으로 가져가는 게 아니라 얼굴을 테이블 쪽으로 숙여 신중하게 첫입을 베어 물었다.

"맛있어?"

"너무 커. 이렇게 크면 제대로 맛을 느낄 수가 없잖아, 이거."

"맛을 느끼기보다 먹는 것 자체가 목표가 될 것 같은 크기네."

"그래서? 어떻게 하기로 했어?"

"아니, 뭐, 화해는 했지만. 그래서 그냥 계속 만나긴 할 텐데."

"도대체 리쿠 씨의 어디가 좋은 거야? 여자 문제 많지, 거짓말쟁이지, 멍청한 데다 여러모로 최악이잖아. 얘기 들어보면 정말 너무해, 아야카. 진짜 자기밖에 모르는 한심한 인간이야."

"으음, 그러게. 하지만 다정해."

"바보네."

두 입째를 먹으려고 테이블 쪽으로 얼굴을 숙이는 나쓰코를 보며, "바보지." 하고 중얼거릴 수밖에 없었다.

"여자 친구한테 다정한 건 당연한 거고, 너를 좋아하는 남자라면 누구나 다정할 거야. 고마쓰 씨도, 유스케도 너를 좋아해서 엄청나게 잘해줬잖아. 아니, 유스케는 어때? 그 녀석, 너 정말 많이 좋아하잖아.”

“으음, 유스케는 착하지.”

“야, 그 녀석도 어수룩하지만, 리쿠 씨보다는 나아. 그 정도면 멋있잖아, 유스케. 네가 리쿠 씨랑 오래 사귄 건 알지만 말이야. 진짜로 더 좋은 사람 있다고. 아야코, 너 요즘 계속 그 일로 고민하고 있지.”

“그러게.”

“리쿠 씨가 ‘소중히 여길게’ 하는 것도 말뿐이잖아? 너 가스라이팅당한 거 아냐?”

“하지만 소중히 여겨주던 때도 있었어.”

“이제는 그렇지 않잖아. 네가 말하는 건 아마 예전에 다정했던 리쿠 씨겠지만, 그런 리쿠 씨는 이미 오래전에 사라졌어.”

나쓰코는 캔콜라의 풀탭을 손가락으로 툭 튕겨 따더니, “와, 캔째로 나오다니, 완전히 미국 따라가네.” 하고 말했다.

◇

〈미안, 오늘은 피곤해서. 다음에 여유 있게 만나자.〉

‘내가 만나고 싶다 한 게 아닌데’ 하는 말이 무심코 입 밖으로 새어나왔다. 나도 시간이 나면 영화도 보고 싶고, 친구들과

밥도 먹고 싶다. 하지만 이런 위태로운 관계를 이어가려면, 리쿠와 만나는 시간도 필요하다고 생각했다. 그래서 퇴근 후 리쿠와 약속한 시각까지, 약속 장소 근처 큰길가 카페의 카운터석에 앉아, 커다란 유리창 너머 거리 풍경을 바라보며 시간을 보냈다. 나름대로 화장실에서 화장을 고치며 이제 슬슬 리쿠 퇴근 시간이겠지, 하고 있는데, 갑자기 이런 연락이 왔다. 그 이자카야에서 내게 고개를 숙이던 리쿠, 마사야 씨에게 전화를 걸며 기뻐하던 리쿠. 그런데 한 달도 채 지나지 않아, 왜 이렇게 또 멋대로 구는 걸까. 그리고 어째서 나는 그때의 리쿠를 용서했을까. 그렇게 자문하다 보면, 분노라고도 슬픔이라고도 할 수 없는, 그저 한없이 우울한 시간이 어김없이 밀려오곤 했다.

〈알겠어. 푹 쉬어.〉

화를 내는 것도, 슬퍼하는 것도 이제는 지겨웠다. 그를 이해하려 애쓰는 데도 지쳤고, 나를 이해해주길 바라는 것도 포기했다. 내 속에서 리쿠에 대한 감정 한 조각이 또 뚝 부러져나갔다. 그렇게 조금씩 부러져나가는 감정은 앞으로 몇 번이나 더 부러져야 완전히 사라질까. 그리고 이미 이만큼 부러진 이상, 정체 모를 '이것'의 회복은 불가능하다는 것도 나는 깨닫고 있었다.

〈미안해. 정말로. 고마워. 잘 자!〉

뚝, 하는 소리가 이마 언저리에서 또렷하게 울렸다. 그것은 처음 있는 일이었고, 낯선 느낌이었다. 참고표가 아니었다. 그 순간부터 둑이 터지듯 감정이 한꺼번에 솟구치더니 이내 발밑으로 스르르 흘러내리며 체온까지 앗아갔다. 온몸이 싸늘히 식어가는 것을 또렷이 느꼈다.

리쿠는 다정했다. 좋아하는 타입은 아니었지만, 좋아한다는 고백을 듣고서 점점 끌리기 시작했다. 내가 싫어할 만한 일을 절대 하지 않았고, 혹여 하더라도 끝까지 사과했다. 우리 집에 올 때면 늘 내가 좋아하는 빵집에 들러 잼빵을 사다주었고, 생일이면 서투른 서프라이즈를 해주었으며, 이직이 결정됐을 땐 축하한다며 연한 보랏빛 시폰 원피스를 선물해주었다. 그런 순간들은 모두 참 기쁘고 좋았다. 하지만 그것은 오래전의 리쿠였다.

거짓말하지 않고, 믿을 수 있는 사람이 좋았지만, 지금은 몇 번이나 거짓말에 속았고, 그때마다 온갖 말로 둘러대는 걸 보면서 아무것도 믿을 수 없게 되었다. 한 번 더 노력하겠다고 매번 말하지만, 노력한 적은 단 한 번도 없었다. 같은 행위를 몇 번이고 되풀이한 끝에, 나는 비로소 깨달았다. 그는 이미 오랫동안 나를 소중히 대해주지 않았다. 그리고, 지금도 여전히.

바람을 피우고, 거짓말을 하고, 돈을 빌려달라고 하고, 걸핏하면 잠수를 타고, 뭐라 하면 시무룩해지고, 대화를 피하고, 자기가 외로워지면 그제야 연락해서 사과한다. 피폐해진 내가 참고, 용서하고, 모든 걸 대충 얼버무리며 넘겨왔지만, 아무런 의미도 없었다. 리쿠를 계속 용서한 건, 언젠가 단 한 번이라도 진심으로 나를 아껴주길 바랐기 때문이었다. 그건 리쿠를 좋아했기 때문이며, 이번만큼은 제대로 하지 않을까, 그때처럼 또 행복한 날들을 보낼 수 있지 않을까 기대했기 때문이다. 실수하고, 질리게 하고, 사과하고, 또 기대하고, 우리 사이에는 그렇게 참고표 개수만 늘어갔다. 이 사람은 이제 어떤 일이 있어도 변하지 않겠구나. 그렇게 생각한 순간, '툭' 하는 소리가 처음으로 들렸다. 그 소리와 함께 마치 주문이 풀리듯, 그동안 보지 못했던 일들이 하나씩 눈앞에 드러났다.

리쿠와의 이별은 당연히 쓸쓸한 일이다. 지난 2년 동안 헤어질 기회는 얼마든지 있었지만 그러지 못한 건 그와 이별하고 싶지 않아서였다. 그가 다른 여자와 사귀는 모습을 상상하면 온몸이 찢어질 듯 아파서였다. 그러나 헤어지면 쓸쓸할 줄 알았던, 여전히 사랑하는 줄 알았던 그 리쿠는 이제 이 세상 어디에도 없는 것 같다. 누군가와의 이별은 언제나 쓸쓸하다. 하지만 그건 단지, 이별이란 본래 그런 것이어서다. 리쿠와 헤어지는 게 특별히 쓸쓸하지도, 그와 함께할 미래가 사라지는 게 허무하지도 않았다. 그 모든 감정은 어느 순간 '툭' 하고 끊겨버린 듯, 내 안에서 조용히 사라졌다.

〈네가 내게 한 짓을 냉정히 생각해보길 바라. 몇 번이나 참고 용서해왔지만, 너는 아무것도 이해하지 않고 바꾸려 하지도 않았어. 나는 이런 생각을 하지 않아도 되는 사람을 만나서 행복해질래. 두 번 다시 연락하지 말아줘.〉

그리고 곧장 나쓰코에게 자초지종을 메시지로 보냈다. 잠시 뒤, 리쿠에게 전화가 왔다. 하지만 이제는 조금도 설레지 않았다. 그저 멍하니 휴대폰 화면을 바라볼 뿐이었다. 이런 감정은 처음이었다. 예전이라면 뭔가를 기대하며 손끝이 떨리고, 결국 전화를 받았겠지. 하지만 몇 번이고 끊겼다 다시 울리는 리쿠의 전화를 보면서도, 아무런 생각도 들지 않았다. 그 뒤, 곧 나쓰코에게서 답장이 왔다.

〈장하다! 길었네. 잘했어. 수고했어!〉

〈고마워. 그동안 정말 미안했어. 나 좀 미쳤던 것 같아. 이제 와서 갑자기 깨달았어.〉

〈바보네!〉

나쓰코의 답장에 무심결에 웃어버렸다. 웃어, 버렸다. 괜찮아. 외롭지 않아. 리쿠는 이미 오래전에, 헤어져도 슬플 만한 사람이 아니었다. 그 사실을 인정해야 했다. 예전에 나를 소중히 대해주던 기억에 매달려서, 배신조차 덮어주며 용서하는 쪽으로 도망친 건 나였다. 그를 사랑해서도, 내가 착해서도 아니었다. 그저 내 나약함 때문이었다. 상처 입고 피폐해지기 전에 도망쳐야 했다. 도망쳐야만 했다.

리쿠가 나를 소중히 아껴주던 날들의 기억이 앞으로의 나를 괴롭히기 위해 남아 있는 것이라면, 그런 기억은 묻어버려야 한다. 이제부터는 나를 더 소중히 아껴줄 사람을 만나야 한다고, 굳고 강하게 다짐했다. 고개를 들자, 창 너머로 수많은 사람들이 거리를 걸어가고 있었다. 문득, 여긴 도쿄지, 하는 생각이 물 흐르듯 들었다. 내일은 롯폰기에 가서 영화라도 볼까, 그런 생각이 일자 가슴 언저리가 팔딱팔딱 뛰기 시작했다. 이런 기분을 느껴보는 건 참으로 오래간만이었다. 유리에 비친 내 얼굴을 바라보니, 그 또한 오랜만에 마주하는 여자의 얼굴 같았다.

무척이나 활기차고 싹싹한 점원에게 적당한 속도로 영수증과 잔돈을 받아드는 그를 바라보면서, 10분만 더 같이 있자, 그렇게 말하고 싶어 미칠 것 같았다. 언제나처럼 목구멍 언저리에서 단어들이 무너지고 뒤엉키다, 끝내 목에 걸렸다.

"즐거웠어. 꽤 마셨네."

자주 오는 이자카야에서 만족스럽게 웃는 료헤이에게 얼떨결에 "그러게, 아까 그 다코부쓰(문어를 큼직하게 썰어 낸 안주—옮긴이), 정말 맛있었지." 하고 말했다.

의미 없는 말들은 입에서 가볍게 툭툭 흘러나오는데 왜 아직 한 번도 꺼내보지 못한 말들은 탁한 물을 머금은 듯 그렇게 무거운 걸까. 배 깊숙이 힘을 주면 금세라도 튀어나올 것 같은데 무엇을 내 편으로 두고, 무엇을 버려야 비로소 그 말들이 모습을 드러낼까. 이 말은 어차피 내 입 밖으로 나올 일도 없으면서 이렇게 집에 갈 무렵에 우글우글 꿈틀거려서 짜증 난다.

"다음에는 시로레바(지방이 많고 선홍빛이 거의 없는 닭 간 꼬치구이—옮긴이)."

히죽 웃으며 일어난 료헤이는 등 뒤 벽에 걸린 옷걸이에서 코트를 벗겨 재빨리 팔을 끼웠다. 눈앞의 테이블에는 세 시간쯤 전에 주문해서 다 먹지 못한 생선회 접시가 놓여 있고, 장식 채소 위에는 광어 두 점이 덩그러니 남아 있다. 차라리 지금 저걸 먹기 시작하면 어떻게 될까 하고 쓸데없이 머리를 굴렸다.

"밖에, 춥겠지."

그렇게 말하며 가게 바깥을 내다보는 료헤이를 보고는, 나도 포기하고 일어나 그의 등 뒤 벽에 걸려 있던 내 코트를 가져왔다. 사실은 올해 더 좋은 코트를 샀는데, 이상하게도 아무거나 입고 나온 날에만 료헤이가 만나자고 한다. 평소 덕을 쌓는 법이 허술한 걸까. 귀찮다고 페트병을 뚜껑째 버리는 버릇부터 고쳐야지, 막연하게 다짐했다.

"아카네, 마지막 전철이 40분이었지?"

앉은 채로 막 걸친 체스터 코트 주머니에 양손을 찔러넣은 료헤이가 벌써 좀 추워하면서 물었다.

"응. 그래도 여기서라면 기차조지역에서 내려도 갈 수 있으니까 아직 여유 있어."

"오늘은 라면으로 마무리 안 해도 돼?"

"아, 그건 아침까지 마신 날, 라면이 당길 때도 있는 거지, 매번 그런 건 아냐."

"매번 그런 시절도 있었을걸."

"말도 안 돼."

"왜, 길거리에서 마셨을 때 기억 안 나?"

"그건 말이지. 아, 됐고. 오늘은 생선으로 배 채워서 괜찮아."

그럼 됐어, 하고 료헤이가 웃었다. 그게 신호인 것처럼 나도 가방을 들고 자리에서 일어나, 둘이 나란히 가게를 나섰다.

◇

늘 있는 일, 늘 있는 흐름대로 언제까지고 목구멍에 걸린 말과 그와 함께 역까지 걸었다. 그리고 혼자 전철에 오르는 순간, 그 말은 주르륵 배 언저리로 내려앉았다.

고등학교 동창회에서 료헤이를 다시 만난 건 3년 전이다. 그때는 둘 다 각자 연인이 있었다. 하지만 우리는 '순수한 친구'라는 사실을 일종의 특권처럼 여겼고, 남녀 사이에도 우정이 가능하다는 말을 입버릇처럼 되뇌며, 서로에게 연인이 있을 때든 없을 때든 둘이 만나는 것에 죄책감을 느낀 적이 없었다. 자연스럽게 같이 밥 먹는 사이로 정착되었다.

그리고 나는 어리석게도, 이 1년 남짓한 시간 동안 내가 료헤이를 남자로 좋아한다는 성가신 사실을 깨닫고 말았다. 깨달았지만 이미 순수한 친구 사이라는 특권은 너무 단단히 눌어붙어, 이제 와서 쉽게 벗겨낼 수 없게 돼버렸다. 옆에서 걸으며, 역시 춥네, 하고 허풍스럽게 눈을 꼭 감는 료헤이 표정에, 또 목구멍이 간질거려서 황급히 진정시키느라 조그맣게 숨을 들이마셨다.

지금 살짝 팔을 뻗어 료헤이의 코트를 끌어당긴다면. 우뚝 멈춰 서서 가만히 있어본다면. 그를 만져본다면. 집에 가고 싶지 않다고 말해본다면. 그렇게 되지도 않는 상상들을 이어가고 있을 때, 머릿속 한구석에서 선명한 파도가 기세 좋게 밀려와 모래로 그린 나의 시시한 상상을 말끔히 지워버렸다.

"아, 정말 예쁘다."

가게를 나와 조금 걸었을 무렵, 료헤이가 그렇게 중얼거렸다. 그 시선이 닿은 끝에는 가로수에 걸린 소박한 일루미네이션이 반짝이고 있었다.

"그러게."

"올해 이렇게 가까이에서 보는 건 처음인 것 같아. 잠깐 가보자."

"전철 괜찮아?"

"여유 있어."

그렇게 말한 뒤, 료헤이는 혼자 저벅저벅 걸어서 일루미네이션이라 부르기엔 다소 유치한 빛의 거리 쪽으로 향했다. 나는 그 뒷모습을 바라보며 어쩌려는 거야, 하고 쏘아붙이고 싶은 마음을 꾹 누르며, 하는 수 없이 따라갔다. 길을 사이에 두고 양쪽에 늘어선 가로수마다 가느다란 전구가 조잡하게 걸려 있었다. 료헤이가 그것을 올려다보며 눈을 크게 뜨고 "와, 오오" 하며 들뜬 목소리를 낼 때마다, 저기, 널 좋아해, 라는 말이 불쑥 새어 나올 것 같아 식겁했다.

정신을 가다듬고 입술을 굳게 다문 채, 내가 자기를 좋아한다는 걸 전혀 눈치채지 못하는 그의 태도에 불만과 묘한 안도감이 들었다. 만약 내 마음을 조금이라도 알아차린다면, 분명 나를 다치게 하지 않으려 조용히 사라질 테니까.

눈앞의 여자를 그저 좋아하는 척하며 곁에 두고 즐기거나, 자신을 좋아해주는 여자에게서 안도감이나 우월감을 느끼는 사람은 아니라는 걸, 이미 오래전에 뼈저리게 깨달았다.

분명히, 미안, 그럴 마음은 없어 하고, 미안한 듯이 긴 속눈썹을 내리뜨고 단번에 정리할 것이다. 그런 녀석이란 건 지겹도록 잘 알고 있다. 료헤이에게 나는 그저 '여자 사람 친구'일 뿐, 그 이상도 이하도 아니다. 그 이름 덕분에 그의 곁에 있을 수 있는 것이고, 그것을 내가 먼저 무너뜨릴 만큼 순진하지도 않다.

내가 건전한 여자 친구라는 것이 그와 나를 이어주는 유일한 끈이라는 사실까지, 어리석을 만큼 잘 알고 있다. 내게는, 그래도 네가 좋아, 하고 두 팔 벌려 대담하게 다가설 정도의 풋풋함도 없고, 이 마음을 남몰래 꼭꼭 묻어둘 정도의 성숙함도 없다. 다만 눈앞에서 조용히 미소 지으며 싸구려 LED 불빛을 올려다보는 료헤이가 지금은 너무 좋아서, 목구멍 깊숙이 자꾸만 미세한 떨림이 일어나 미칠 것 같다.

◇

"의외로 금세 끝났네."

그러고 보니 반짝이는 가로수길을 다 지나왔다. 추운 듯 어깨를 움츠리며 이쪽을 향해 웃는 료헤이를 보고 있자니, 그를 향한 내 마음이 마치 해서는 안 될 일처럼 느껴졌다. 나 혼자만 비밀을 품은 채 그를 만나는 게 부끄러웠고, 나만 계속 숨기고 거짓말을 하는 것 같았다. 하지만 나도 가능하다면 가슴 언저리에 달라붙은 이 단단한 것들을 주걱 같은 것으로 빡빡 벗겨 내버리고 싶다.

좋아한다, 만지고 싶다, 집에 가고 싶지 않다. 이런 마음을 전부 벗겨낼 수 있다면, 나도 그저 건전하게 여자 친구로 곁에 있을 수 있을 텐데. 그렇게 생각하며 아무 걱정 없이 웃는 료헤이의 옆얼굴을 보고 있자니, 괜히 얄미워졌다.

"앗."

료헤이가 갑자기 뭔가 생각난 듯이 중얼거렸다.

"아카네, 막차 시간 아슬아슬해?"

"아니, 난 좀 더 있어도 되는데, 너는 55분이지? 어, 5분 남았어."

"역이 바로 저기지?"

"응, 일단 뛸까?"

"10분만 더 같이 있자고 하면, 넌 어떻게 할 거야?"

얼굴을 번쩍 들자, 료헤이는 주머니에 두 손을 찔러넣은 채 한쪽 발끝으로 바닥을 비비며 그곳만 보고 있었다. 심장이 쿵 하고 크게 흔들리고, 그 진동에 떠밀려 목에 걸린 말이 천천히 모양을 바꿔 입 밖으로 새어 나왔다.

"15분만, 더도, 가능."

"도모코라고 쓰고, 사토코라고 읽어. 나는 그냥 사토코라고 쓰지만 말이지."

아직 사투리가 남아 끝이 살짝 올라가는 어조로 자기 이름을 설명한 뒤, 찰랑이는 숏컷 머리의 그녀는 "뭐, 어느 쪽이든 상관없지만." 하고 털털하게 웃었다. 벚꽃이 폴폴 날리던 봄, 막 대학에 입학해 처음 들은 세미나 시간에 내 옆, 하나 건너 빈자리에 앉은 아이가 바로 사토코였다.

사토코와 친해지는 데는 그리 오래 걸리지 않았다. 두 번째 세미나 때 사토코가 쿠루리(1996년 교토에서 결성된 일본 록밴드로, 독창적인 멜로디와 실험적인 음악성으로 알려짐—옮긴이)를 좋아한다고 해서 들어보다, 나도 모르게 빠져들었고, 세 번째 세미나 때는 이런 노래도 있더라, 그 노래 좋더라 하며 끝날 때까지 이야기가 끊이지 않았다. 얘기를 나누다 무심코 『악어와 카게기스』를 좋아한다고 말했더니, 사토코도 전권 다 읽었다고 했다. 그러고는 어둡더라, 뭐가 뭔지 잘 모르겠어, 라며 천진하게 웃는 그녀에게 그러냐, 하고 못마땅한 기색으로 받아쳤지만, 사토코는 웃기만 했던 기억이 있다. 교내 동아리의 끈질긴 권유를 뿌리치지 못하고, 치지도 못하는 기타·만돌린 동아리에 들어가게 되었다고 절망스러운 얼굴로 털어놓았을 때, 사토코는 걱정도, 동정도 하지 않고 너답다 하며 깔깔 웃었다. 그 모습을 보고 나는 오히려 안도감을 느꼈던 기억이 난다.

그러다 주위에서 둘이 정말 친하네, 라는 말이 나오기 시작하고, 우리는 소리내어 웃었다. 그저 그렇게 웃기만 할 뿐, 사토코와 단둘이 만나는 일이 늘어나도 그냥 잡담이나 나누며 키득거리거나, 아침까지 사토코 집에서 게임을 하고, 자고, 그런 시간을 되풀이했다. 딱 한 번, 둘이 과음하고 돌아오는 길, 8월인데 비가 내려서 좀 춥네, 하는 얘기를 하며, 어쩌다 보니 옆에 걷는 사토코의 손을 잡고 역까지 걸은 적은 있지만, 다음에 만났을 때는 아무 일도 없었던 듯 대했고, 또 언제나처럼 거리낌 없는 시간을 보냈다.

이윽고 내게도, 사토코에게도 연인이 생기고, 또 헤어지기도 했다. 그런 일들을 서로 솔직하게 털어놓으며 지내는 사이, 대학 4년은 어이없이 끝나, 사토코는 졸업과 함께 고향인 모리오카로 돌아가 취업을 했고, 나는 도쿄에 남아 취직했다. 그로부터 몇 년 뒤, 대학 시절 친구들과 오랜만에 술자리를 가지던 날, 사토코가 결혼한다는 소식을 들었다.

오래간만에 들은 '사토코'라는 이름이 무작정 그리워져, 돌아오는 전철에서 "결혼한다는 소식 들었어! 축하해!" 하고 라인을 보냈더니, 곧바로 온 답장에는 "누구?"라고만 쓰여 있었다.

◇

"아니, 보통은 오랜만에 연락하면 이름부터 말하지 않니?"

사토코는 그렇게 말하며 웃더니, 피자 커터를 빙글빙글 굴려 여러 가지 치즈가 듬뿍 올라간 피자 위에 가로세로로 가지런히 선을 그었다.

"아무리 그래도, 누구냐고 하면 쫄지."

"소마라고는 생각지도 못했으니까, 이름도 이니셜로 해놓고. 내가 더 놀랐어."

"사토코가 SNS를 하지 않아서 그래."

"그렇지만 모리오카에서는 올릴 만한 게 없는걸."

사토코는 그렇게 말하며 미소 짓더니, 어깨까지 내려온 검은 머리칼을 능숙하게 고무줄로 묶었다. 이제는 더 이상 숏컷

이 아니구나 그렇게 생각하니, 우리가 멀어진 뒤 지금껏 어떤 모습으로 살아왔는지 전혀 알지 못했다는 사실이 떠올랐다. 애초에 가진 적도 없으면서 괜히 잃어버린 것 같은 묘한 허전함이 스쳤다.

사토코에게 연락하고 몇 주 뒤, '다음 주에 도쿄에 일이 있다'는 메시지를 받은 그날부터 오늘까지 오랜만에 사토코를 만난다는 생각에 긴장감이 잔거품처럼 계속 보글거렸다. 하지만 막상 마주하고 보니, 말투도 예전 그대로였고 머리칼은 길었지만, 여전히 천진난만하게 웃는 사토코 덕분에 그 모든 긴장감은 금세 펑 하고 사라졌다. 찰랑거리는 머릿결도, 까만 눈동자만 보이는 작은 눈도, 누르면 어떤 모양이든 될 것 같은 작은 코도, 턱 밑에 큼직하게 자리한 점도, 술만 마시면 양손으로 뺨을 감싸던 버릇도 그때와 조금도 다르지 않았다.

졸업 후 고향으로 돌아가 취업한 직장에서 인간관계가 원만치 않았던 것, 공무원 시험을 봐 지금은 고향에서 조금 떨어진 모리오카 시청에서 일하고 있다는 것, 대학 시절 친구들과는 거의 만나지 않는다는 것, 고향에 돌아와 지내다 보면 도쿄에서의 4년이 꿈처럼 느껴질 때가 있다는 것. 사토코는 그렇게 사소하면서도 소중한 여러 가지 이야기를 들려주었다.

◇

“결혼은 언제 정했어?”

“으음, 반년 전쯤이려나. 혼인신고는 다음 달에 할 거야.”

크루통이 유난히 딱딱한 시저샐러드, 치즈피자와 바질 토마토 파스타, 도미 카르파초까지 둘이 거뜬히 비우고, 작은 그릇에 몇 개의 올리브만 남긴 채 디저트 메뉴판을 들여다보던 사토코가 그렇게 말했다.

“직장 사람?”

“부서는 다르지만.”

“어떤 사람이야?”

“음, 착해. 온화하고 화내지 않고, 요리도 꽤 잘해.”

“오, 괜찮네. 사토코답다.”

“뭐야, 그거. 나답다? 소마는? 여자 친구 없어?”

“없어, 2년째 없어.”

“어머, 꽤 오래 없네.”

“으음, 만날 기회도 없고.”

“2년 전 그 사람은 어떤 사람이었어?”

“화장품 판매하는 사람.”

“오, 뭔가 소마답네.”

“뭐야, 그거.” 하고 내가 말했을 땐 이미 사토코는 웃고 있었

고, 빈 와인잔을 입에 가져가려 하길래 "그거 비었어." 했더니
또 깔깔 웃으며 "그럼 한 잔 더." 하더니 "오렌지 주스로 할래."
하고는 역시 웃었다.

◇

"학생 시절엔 이런 데 온 적 없었잖아, 왠지 신선한걸."
　가게를 나와 조금 떨어진 도쿄역까지 가는 도중, 마루노우
치에 늘어선 빌딩들과 그 안에 입점한 가게들을 바라보며 사토
코가 즐겁게 말했다.
　"직장이 이 근처지?"
　"응, 금융 쪽은 대체로 이 동네니까."
　"소개팅 엄청 많이 들어올 것 같은데."
　"직장 2~3년 차까지는 꽤 있었는데, 이제 그런 건 없어."
　"헐, 왜?"
　"내가 가면 재미없어서가 아닐까?"
　후후 하고 사토코가 웃는 순간, 작은 물방울이 뺨에 닿는 걸
느끼고 반사적으로 위를 올려다보았다.
　"아, 이거 비?"
　"말도 안 돼, 어떡해."

“아, 비네. 나 오늘 빨래했는데. 꼭 빨래한 날 비 오지 않냐?”

“그때도 비가 왔었지.”

순간 사토코를 바라보자, 그녀는 “기억 안 나?” 하고 웃었다.

“뭐였더라, 무슨 일 있었어?”

“기억 안 나면 됐어.”

“어, 미안, 뭐였는데?”

“아냐, 아무것도 아냐.”

느릿하게 미소 지으며 그렇게 말하는 사토코에게, 아무 말도 할 수 없었다. 사토코는 투둑투둑 가랑비가 내리는 가운데 여전히 미소를 머금은 채, 마루노우치 풍경을 바라보며 변함없는 보폭으로 말없이 걸어갈 뿐이었다. 쿵, 쿵, 둔하게 울리는 심장을 뿌리치듯, 머리칼에 떨어지는 빗방울을 손으로 털어내며 천천히 변해가는 마루노우치와 조금 앞서 걷는 사토코의 뒷모습을 바라보았다.

◇

“너 말이야, 아르바이트하던 데서 연상녀랑 사귀었잖아.”

잠시 침묵 끝에 입을 연 건 사토코였다. 조금 전까진 가랑비였던 빗줄기가 이제는 뺨을 때리듯 세차게 느껴졌다.

“응? 누구지?”

“왜 그, 1학년 때 네가 이자카야에서 아르바이트할 때.”

“아, 그 누나. 있었지.”

“난, 그 사람 싫었어.”

“어, 사토코, 그 사람 본 적 있어?”

“세미나 회식 때 너 마중 온 적 있잖아.”

“아, 그랬던 것 같네.”

“사람들이 다들 의외라 그랬어. 소마가 그런 사람이랑 사귀는 거.”

“아냐, 먼저 고백해주어서, 나도 그 사람이 괜찮기도 했고.”

“그것뿐이야?”

“뭐가?”

“이유.”

“무슨?”

“그 사람과 사귄 이유.”

“응, 그런 거 아니었나?”

그 순간 시야에 도쿄역 전경이 한눈에 들어오자, 사토코는 눈을 크게 뜨며 짧은 탄성을 내뱉었다. 도쿄역, 정말 멋지다 하고 말하곤, 마침 건널목 신호가 빨간불로 바뀌자, 그녀는 걸음을 멈추었다.

“그때 말이야, 친했던 애들이 하나같이 여자 친구, 남자 친구가 생기니까 나도 얼른 남자 친구를 만들어야 할 것 같아서, 괜히 조급했어.”

“헐, 그런 느낌이었어?”

“그래, 학부의 미무라하고 사귀었잖아, 나.”

“아, 그랬던가.”

“하나도 기억 안 나?”

“아니, 뭐, 그렇잖아, 벌써 7년 전 일이고.”

“나는 말이야, 도쿄에서 있었던 일, 전부 기억해. 4년 전 일, 아마 다 기억할걸.”

사토코는 그렇게 말하고 조용히 웃었다.

잊어버린 것도 많겠지만, 기억하는 일들도 적지 않다. 언젠지는 정확히 모르겠지만, 막 사귀기 시작한 여자 친구를 보고, 사토코가 “소마는 그런 타입을 좋아하는구나!” 하고 약간 심술 궂게 웃던 순간도, 사토코가 만나던 미무라라는 남자, 야구 동호회에 있으면서 늘 피어싱을 하고 다니던 그 녀석도, 물론 그 비 오던 날 돌아오던 길도 기억하고 있는데, 어째선지 기억하고 있다고 말할 수 없었다. 그것을 말해버리면 마치 실을 잡아당기는 것 같았고, 그 실을 당기면 금세 화약이 터져버릴 것만 같았고, 오랫동안 터지지 않게 묻어둔 것들까지 드러나버릴 것만 같았다. 당겨서는 안 될 실을 건드려버릴 것 같은, 그런 기분이 들었다.

"사토코, 또 도쿄 올 일 있어?"

"이제 없지 않을까."

"어, 그래? 하지만 일이 없어도 그냥 오면 되잖아."

"왜?"

"아니, 그냥 놀러오면 재미있잖아. 야마우치하고 미쓰도 도쿄에 있고, 다들 가끔 만나면 좋지. 사토코, 도쿄 좋아하잖아."

"소마는 말이야, 내가 왜 오늘 이런 차림인지 알아?"

도쿄역 구내에 들어온 뒤 내내 역에 빨려들듯 반걸음 앞서 걷던 사토코가, 어느새 내 옆에 나란히 보폭을 맞추더니 양손을 살짝 벌려 옷차림을 잘 보이게 하며 물었다. 그제야 새삼스럽게 눈에 들어온 사토코의 차림은 무늬 없는 회색 파카에 흰색 데님 바지, 어깨에는 큼직한 초록색 토트백을 메고 있었다.

"그 파카 말이야? 더러워져도 괜찮아서?"

"아하하, 그러게. 이탈리안 음식 흘리면 곤란하지."

"정답?"

"틀렸습니다."

"아, 일이 있어서?"

"뭔가 반갑네, 너는 늘 이런 식이었지."

"무슨 말이야?"

"그럼 어째서 오늘 내가 신칸센 막차 예매했는지 알아?"

"내일도 모리오카에서 일이 있어서?"

"정말로 내가 일이 있어서 도쿄에 왔다고 생각해?"

신칸센 개찰구가 눈앞에 다가오자, 아까부터 부글부글 끓어오르던 작은 긴장의 거품들이 잇따라 터지며 한꺼번에 밀려왔다. 사토코는 이제 웃음기를 거두고 나를 똑바로 응시했다.

"어, 그렇게 생각, 하는데, 틀린 거야?"

그렇게 묻자, 사토코는 조금 사이를 둔 후, 후후, 하고 웃고, 아니, 틀리지 않았어, 일 때문에 온 거야, 하고 말했다. 그리고 사토코는 걸음을 멈추지 않은 채 토트백에서 지갑을 꺼내 신칸센 차표를 꺼내 들었다.

"소마, 우리, 그거였지."

"그거라니, 뭐?"

"아, 아냐."

사토코는 개찰구 앞에서 그렇게 말했다. 사토코, 하고 내가 말을 꺼내는 것보다 먼저 사토코가, 하아, 재미있었다, 하고 말을 이었다.

"사토코, 저기."

"응."

"무슨 일 있으면 언제든 연락해. 도쿄에 오면 나는 늘 여기 있으니까, 그냥 놀러 와도 돼. 그냥 밥이라도."

"소마."

"응."

“나 결혼해. 결혼한다는 건 곧 육아도 함께하는 거라고 생각하지 않아?”

“육아……?”

“응. 아이가 없는 것보다 있는 게 낫잖아.”

그렇게 말하곤 사토코가 웃으며 얼른 돌아서 개찰구 안으로 들어갔다. 그리고 두 번 다시 뒤돌아보지 않은 채 곧장 승강장으로 사라졌다. 나는 사토코의 뒷모습이 완전히 시야에서 사라질 때까지 바라보았다. 마치, 두려워 건드리지 못했던 그 실과 화약이 한꺼번에 사라져버린 것 같았다. 그리고 모리오카행 마지막 신칸센이 이미 떠났다는 사실을 깨달은 건, 그로부터 한참이나 지나서였다.

"모른다"

"리나를 행복하게 해주고 싶습니다. 결혼해주세요."

마치 소리라도 날 것처럼 반짝이는 도쿄타워가 바로 곁에 보이는 레스토랑 창가에서, 디저트로 나온 치즈케이크를 다 먹었을 즈음 히로키 씨는 농담하듯 반지 상자를 열고 농담 같은 말을, 그러나 농담으로 보이지 않는 진지한 눈빛으로 내게 건넸다.

나를 위해 예약한 이 가게에서 앞으로도 나와 함께하고 싶다는 마음을 전해준 사람, 그건 지금 내 앞에 있는 히로키 씨였다. 평소와 달리 갈색 슈트를 차려입고 긴장을 감추려는 듯 입술을 꼭 다물고 있는 그의 모습에, 나도 모르게 눈물이 솟구쳐서, 결혼, 하고 중얼거릴 수밖에 없었다.

◇

유야를 만난 것은 7년 전쯤, 내가 막 사회인이 된 무렵이었다. 퇴근길에 직장 동료 셋과 신주쿠의 싸구려 술집에 갔을 때, 두 테이블 건너편에서 떠들썩한 무리에 유야가 있었다. 조그맣고 불안정한 테이블 하나를 사이에 두고도, 젊은 남녀가 자연스럽게 대화를 주고받기 충분할 만큼 그 가게는 좁았다. 키가 크고 약간 구부정한 자세에, 유행에는 무심한 듯한 옷차림. 제멋대로 자란 까만 머리를 하나로 묶은 유야는 말수가 적었지만, 웃을 때면 어딘가 앳된 인상이 있었다. 굵고 짧은, 본 적 없는 담배를 피우며 나보다 두 살 위라고 말했다. 그리고 돌아오는 길, 무심하게 "연락처 좀 가르쳐주라." 하고 사투리로 말할 때는, 뭐, 거절할 것도 없지, 싶었다.

"내 개그맨이다."

처음으로 단둘이 식사하러 간 날, 그는 약간 쑥스러워하면서도 어딘가 뻔뻔하게 그렇게 말했다. 하지만 역시나 별일 아니라는 듯 내뱉어서, 나도 괜히 반응하면 안 될 것 같은 기분이 들어 "아, 그래." 하고 목소리 톤을 바꾸지 않은 채 담담히 중얼거렸다.

그리고 몇 번 더 식사를 한 뒤, 그에게서 결정적인 사랑 고백을 받은 것도 아니고, 내가 뭘 서두른 것도 아니었는데, 언제부턴가 우리는 연인이라고 불리게 되었다. 그와의 식사는 지금까지 다른 남자들과 가던 그럴듯한 가게가 아니라, 하이볼이 100엔, 오이만 들어간 김밥 200엔, 손님은 학생 단체가 대부분이고, 점원들은 언제나 큰소리로 무언가를 외치며 분주히 움직이는 그런 가게뿐이었지만, 이상하게도 별로 신경 쓰인 적은 없었다. 리필이 무료인 양배추가 나올 때마다, 그는 소금을 아무렇게나 뿌리고는 "나는 맛을 잘 모른다." 하고 시큰둥한 얼굴로 구시렁거리곤 했다. 그 모습이 우습고, 또 귀여웠다.

나는 유야가 출연하는 개그 공연을 보러 신주쿠의 작은 극장까지 동료를 데리고 가기도 했다. 재미있는지 없는지 알 수 없는 그의 개그가 끝난 뒤 "오늘 재미있었나?" 하고 물으면, 나는 "재미있었어."라고 대답하면서도 그 뒤에 뭐라고 덧붙여야 할지 몰라 난감해지곤 했다. 유야는 '선배'라 부르는, 목소리 크고 어딘가 괴짜 같은 사람들에게 나를 여자 친구라고 소개해주기도 했다. 그러다 얼마 지나지 않아, 뭔가 결정적인 얘기를 한 것도 아닌데, 우리는 자연스럽게 함께 살게 되었다. 그후로는 묘한 시각에 심야 편의점 아르바이트하러 가는 유야를 배웅하기도 하고, 주말에 둘이 보내자던 약속은 "아이디어 회의가 잡혀가꼬."라며 갑자기 취소되는 일도 있었지만, 그 외에는 별다를 것 없는 평범한 연인이었다고 생각한다.

유야는 말수가 많진 않았지만, 집에 돌아오면 이런저런 이야기를 들려주곤 했다. 남몰래 탈모약을 먹는 선배 개그맨 이야기, 술만 취하면 꼭 아무로 나미에의 〈네버엔딩〉을 부른다는 동기 이야기, 미덥진 않지만 착한 사무실 매니저 이야기.

평범한 회사원인 내게, 유야의 일상은 언제나 딴 세상 이야기처럼 들렸다. 내가 친구랑 통화하며 낙서를 하고 있으면, 옆에 있던 그는 "분명히 통화 재미없어지고 있는기라." 하고 시큰둥하게 말해서, 그럴 때마다 깔깔 웃었다. "오늘은 어쩐 일로 분장실에 간식이 나와가꼬." 하며 커다란 배낭에서 해피턴(일본의 달콤짭짤한 쌀과자—옮긴이)을 부지런히 꺼내는 모습은 어딘가 멍청한 도둑 같아서 귀여웠다.

유야가 '쇼레이스(일본에서 열리는 각종 개그 경연 대회를 통틀어 이르는 말—옮긴이)' 3회전에 처음 진출했을 때, 그게 어느 정도 대단한 건지 잘은 몰랐지만, 무척 기뻐하는 유야를 보니 나도 절로 기뻤다. '쇼레이스'에서 돌아온 유야가 "떨어졌어." 하고 중얼거린 밤에는 둘이 소주를 조금 나눠 마셨다. 또 어떤 '오디션'에 합격했다고 하며, 유야 콤비가 심야 텔레비전 프로그램에서 1분짜리 개인기를 선보였을 때는, 방송 시작 전부터 긴장해서 둘이 함께 텔레비전에 바싹 달라붙어 있었다. 가끔 '잘나가는 선배'를 따라 술자리에 다녀온 날이면, 그는 약간 취한 얼굴로 돌아와 이렇게 말했다. "개그는 사람 냄새가 나야 되는기라." 의기양양하게 들려주는 그 말이 무슨 뜻인지는 잘 몰랐지만, 이상하게도 싫지 않았다. 유야는 공연 티켓 할당량이나 뒤풀이 때문에 언제나 돈이 없었지만, 개그맨으로 살아가는 그의 모습이 너무 좋아서 곁에 있기만 해도 무척 행복했고, 늘 즐거웠고, 몹시 소중했다.

동거한 지 4년쯤 지났을 무렵, 유야 콤비는 해산했다. '쇼레이스'에서 성과를 내지 못한 것이 원인이라 했다. 그 후로 유야는 홀로 개그 활동을 이어가며 '오디션 라이브'라는 무대에 서기 시작했다. 어느새 우리는 스물여덟 살이 되어 있었다.

◇

어째서 젊을 땐 아무렇지 않던 일이, 나이를 먹을수록 둔한 통증처럼 울리는 것일까.

주위 친구들이 결혼하고, 출산하는 가운데 우리의 '데이트'는 여전히 모든 메뉴 300엔인 이자카야에 가는 것밖에 없고, 유야는 심야 아르바이트를 하지 않아도 될 기미도 보이지 않고, 대체 언제까지 이 낡은 목조 다세대 주택 2층에서 살아야 유야가 뭔가를 해내는 걸 볼 수 있을까 생각하는 시간이 점점 늘어났다. 유야와 함께 있고 싶은 것도 사실이고, 유야의 '꿈'을 응원하고 싶은 것도 사실이다. 하지만 그와 평범한 연인처럼 지내고 싶은 내 마음을 더 이상 외면할 수 없었다.

스물아홉 살 나의 생일, 유야는 "공연이 있어서." 하고 저녁 무렵에 집을 나갔다. 그리고 몇 시간 뒤에 "뒤풀이에 가야 해." 하는 메시지만 덜렁 왔다.

◇

"개그맨을 그만두길 바란다는 말?"

"그런 게 아니라, 유야는 나와의 장래는 생각하지 않느냐는 말이야."

부엌 환풍기 아래에서 좋지 않은 냄새가 나는 담배를 피우는 유야를 바라보며, 나는 거실 테이블 앞에서 단어를 선택하며 그렇게 말했다.

"생각한다. 결혼한다면 니밖에 없다고 생각한다."

"그래, 그게 언제야?"

"그거야 모르지."

"모르다니, 나 스물세 살이 아냐. 스물아홉이야. 언제까지 유야의 꿈이 이루어지길 기다려야 하는지 모르겠어. 언제까지 기다리면 돼?"

"……모른다."

"저기, 유야, 좀 들어봐. 나도 평범하게 결혼하고 싶고, 아이도 갖고 싶어. 그거 유야하고는 어려운 거야?"

"모른다."

"정말 서른일곱이 돼서도, 후나키 씨처럼 밤일하면서 오디션 보러 다닐 거야? 그렇게 되는 거야?"

"후나키 씨하고 무슨 상관이고."

"상관있어, 결국 유야는 지금 이대로 좋다고 생각하잖아. 지금 이대로 아무것도 달라지지 않으면 좋겠다고 생각하고 있잖아. 달라지는 것이 무서운 거지, 잘나가고 싶다는 생각 하지 않잖아, 하지 않기 때문에 더."

"니가 뭐 아노."

"몰라. 모르지만, 나도 맛있는 레스토랑에 가고 싶고, 맛집에도 가고 싶고, 여행도 가고 싶어. 그런데 언제까지 이렇게 못 가야 하는 거야? 우리, 언제 한 번이라도 간 적 있어? 언제 나를 데려가준 적 있어? 언제까지 나만 참고, 나만 희생해야 해? 전부 유야를 위해 견뎠는데, 유야는 자기 생각밖에 안 하잖아. 허무해. 오늘 웃겼다는 말도, 대사 틀렸다는 말도 뭐 어쩌라고 싶었고, 이제 계속 어쩌라고 싶을 거야. 나는 유야한테 뭐야? 내가 왜 이렇게 참아야 하는 거야? 내가 유야에게……"

"내가 니한테 뭐 부탁한 적 있나?"

그렇게 말한 유야는 현관에 놓인 코트를 휙 집어들더니, 일부러 문을 요란하게 닫으며 집을 나갔다. 흠뻑 젖은 뺨을 아무리 닦아도, 눈물은 좀처럼 멎지 않았다. 덩그러니 남겨진 방 안. 고장 나기 직전인 환풍기 탓에 아직도 맴도는 연기만 멍하니 바라봤다.

이런 말을 하려던 게 아니었다. 나도 유야와 함께 있을 때가 가장 행복했다. 그런데 어째서 함께 있으면 이토록 지치는지, 언제부터 이렇게 됐는지 알 수 없었다. 몇 년 전에는 아무렇지 않았던 싸구려 술집도, 낡고 좁은 원룸도, 유야가 꿈을 좇는 것도, 시간이 흘렀다는 것만으로, 나이를 먹었다는 것만으로 어째서 하나둘 슬픔을 머금은 모습으로 바뀌어 내 앞에 떨어지는 걸까. 앞으로도 유야와 함께 있기 위해서는 어떻게 해야 좋을지 몰랐다. 나만 계속 참고 견디면, 언젠가는 찾아오지 않을까. 그렇게 스스로를 달래며 마음을 진정시키려 애썼다. 하지만 그 마음은 곧, 자기 꿈을 위해서라면 내가 참는 걸 당연하게 여기는 사람과 과연 함께 있어도 되는 걸까 하는 의문으로 바뀌었고, 그 의문은 식을 만하면 다시 끓어올랐다.

더는 생각하는 것도 지치고, 모든 게 다 뭐가 뭔지 알 수 없어졌다. 그 이야기를 나눈 날 이후로 밤에 아르바이트하러 가는 유야도, 공연하러 가는 유야도 예전처럼 배웅하지 않게 되었다. 그리고 한 달 정도 지난 뒤, 나는 집을 나왔다. 유야에게 연락하는 일도, 물론 그에게 연락이 오는 일도 없이 무심하게 시간만 흘러갔다.

너무 길었던 봄, 이라는 말이 언제까지고 머릿속 한구석에 문진처럼 남아 있었다. 이제는 그렇게 하찮은 것으로 장난치며 웃을 수 있는 사람을 다시는 만나지 못할 것 같았다. 돈이 없어도, 세련된 레스토랑에 가지 못해도, 생일에 대단한 선물을 주지 않아도, 무뚝뚝해도, '평범'하지 않아도 유야와 함께한 시간은 즐겁고 행복했다는 사실. 그 때문에 그를 떠나온 자신을 찢어버리고 싶을 만큼 후회하는 순간도 있었다. 유야는 어떤지 모르겠지만, 어떤 선택을 했어야 좋았을까 하고 울고 싶은 날들이 내게는 많았다. 유야도 그렇게 생각해주면 좋겠다고 바란 적이 있지만, 설령 관계를 회복한다 해도 우리 문제가 풀리지는 않으리라는 것을, 어느새 서른을 앞둔 나는 충분히 알고 있었다.

◇

"리나, 괜찮아?"

눈앞에서 히로키 씨가 걱정스러운 표정으로 들여다보았다. 유야와 헤어진 지 반년쯤 지난 무렵에 만나, 호의를 숨김없이 표현해주었던 히로키 씨와 사귄 지 벌써 1년이 지났다. 그는 착하고 호탕하며 나를 아껴주어서, 불만이라곤 조금도 없었다. 줄곧 바라던 것이었다. 사회인다운 '평범한' 데이트도, 거짓말처럼 아름다운 야경이 보이는 레스토랑에서의 식사도, 결혼하자는 말도, 모두 오래도록 꿈꾸고 기다려온 것들이었다.

어째서, 유야는 왜 이렇게 해주지 않았을까, 이렇게 해준 사람이 유야였다면 얼마나 좋을까, 라는 생각을 잠시라도 한 걸까. 원하던 것들이 다 갖춰진 순간에야 행복이 무엇인지가 명확해지다니 어리석다. 히로키 씨가 정말 소중하다는 것, 우리가 사랑하는 연인 사이라는 것, 그리고 그가 프러포즈를 해주어서 굉장히 기쁘다는 것, 이 모든 것은 진심이다. 그런데 작은 상자 안, 보드라운 벨벳 원단 위의 실버 링을 보는 순간, 눅눅한 공기의 그 시절 냄새가 불현듯 코끝을 스쳤고, 그 향은 놀랄 만큼 강렬했다.

"미안해요, 그냥. 기뻐서요."

"괜찮아. 리나, 내가 행복하게 해줄게."

히로키 씨는 그렇게 말하며 미소 지었고, 나는 또다시 가슴속에서 스멀스멀 무언가가 끓어오르는 것을 느꼈다. 이제, 너무 길었던 봄은 끝났다. 그 시절은 분명 아름다웠다. 그리고 가끔은 그 시절을 떠올리는 날도 있을 것이다. 하지만 지금 나는, 어쩌면 또 다른 봄으로 건너온 것일지도 모른다. 히로키 씨의 눈을 바라보고 있자니 그런 생각이 들면서 정체 모를 눈물이 또르르 흘러내렸다.

선택하지 않은 것의 미래를 더는 생각하고 싶지도 않고, 이제는 그럴 일도 없을 것이다. 나를 따라 같이 눈시울을 붉히는 히로키 씨를 보며, 나는 예전의 그 사람을 소중히 하지 못했지만, 이 사람만은 꼭 소중히 하리라 다짐했다. 따뜻한 바람을 함께 오래 누리며, 때때로 찾아올 추위와 괴로움 속에서도 끝내 이 사람을 행복하게 해주리라. 그리고 나도 반드시 행복해지리라. 각오하듯이, 마음 깊은 곳에서 조용히 숨을 고르며 다짐했다.

"히로키 씨, 나, 이미 행복해요. 그런데 앞으로는 더 행복해질것 같아요. 잘 부탁해요."

백화점 화장품 매장에선 특유의 향이 났다.

꽤 나이를 먹었으면서 아직 기초 화장품의 의미조차 모르는 내가 걷기엔 편치 않은 화사한 길이 몇 갈래나 펼쳐져 있어, 어느 쪽으로 발을 내디뎌도 잘못 들어선 듯한 기분이 들었다. 예쁘게 진열된 눈부신 화장품들을 무심히 보면서 걷는데, 산뜻한 포장의 립글로스가 눈에 들어왔다. 흔히 보던 길고 가는 것이 아니라, 네모난 팔레트 모양이 독특해서 잠깐 볼까, 생각한 것이 화근이었다. 점원이 말을 걸어, 어어 하는 사이에 카운터로 안내받아, 정신을 차렸을 때는 내 입술에 곱게 립글로스가 발라져 있었다.

"마스카라도 안 하셨네요. 해보실래요?"

만면에 미소를 띤 점원. 나보다 두세 살은 어리겠지만, 그 미소의 압도감에 눌려 나도 모르게 네, 하고 대답했다.

카운터에 놓인 둥근 거울 속에는 화장기 없는 얼굴에서 유일하게 색을 띤 입술이 어색하게 비치고 있었다. 휴식 시간이나 근무를 마친 뒤에 딱히 화장을 고치는 습관이 없어서 파운데이션은 들떴고, 눈가에는 주름이 져 보였다.

"이건 속눈썹을 한 올 한 올 또렷하게 해주는 타입이고, 이건 롱래쉬 타입이에요. 이건 따뜻한 물로도 잘 지워진답니다."

점원이 마스카라를 몇 개 들고 와 조목조목 설명했다. 그의 얼굴과 거울 속 내 얼굴을 나란히 하고 보니, 너무나도 색감이 없어서 초췌해 보였다.

"저기, 파운데이션이랑 치크, 그리고 아이브로랑 아이섀도도 발라봐도 될까요?"

◇

"슈트 차림이 아닌 오사다 씨를 보는 것, 굉장히 오랜만이네."

정체를 가늠하기 어려운 골동품과 장식물이 곳곳에서 기품을 풍기며 존재감을 드러내는 바 카운터에서, 다카세 씨는 손목시계를 풀며 그렇게 말했다.

"다카세 씨는 항상 손목시계를 풀어놓네요."

“무거워.”

“좋은 거 아니에요?”

“무겁기만 할 뿐 좋은 건 아니야. 훔쳐가도 괜찮아서 편하게 빼는 거야.”

그렇게 말하고 다카세 씨는 ‘후후’ 하고 웃더니, “덥네.” 하며 슈트 재킷을 벗어 점원에게 “이거 좀 부탁해요.” 하고 건넸다.

“그 목걸이 잘 어울리네. 남자 친구가 사준 거야?”

중년의 바텐더에게 “버번 록 하나, 미즈와리 하나.” 하고 주문한 뒤, 다카세 씨는 미소를 지으며 그렇게 물었다.

“아뇨, 제가 샀어요. 남자 친구 같은 건 없고요.”

“거짓말. 와타나베 씨네가 오사다 씨 요즘 남자 친구 생겼다고 큰소리로 떠들던데.”

“사무직 사람들 진짜 한가하네요.”

“아하하.”

다카세 씨의 쾌활한 웃음소리가 손님 하나 없는 가게 안에 울렸다. 나왔군, 오사다다운 반응, 하고 웃으면서 다카세 씨는 손등으로 코 아래를 가볍게 문질렀다.

“후쿠오카 생활은 어떠세요?”

눈앞에는 어느새 코스터 위에 버번 글라스가 놓여 있었고, 나는 마실 것도 아니면서 괜히 잔을 들어 흔들어보았다.

“별다른 거 없어. 아, 근데 하카타 사투리 쓰는 남자 왠지 박력 있고 멋있더구만.”

“아, 여자들도 하카타 사투리 귀엽죠.”

“아니, 나는 간사이 사투리가 좋아.”

그렇게 말하고 다카세 씨는 나를 보고 또 후후 하고 웃었다.

“이제 그런 소리 그만하세요.”

“가끔 오사다 씨가 간사이 사투리 쓰는 거, 좋더라.”

마치 TV 속 배우를 놀리듯, 바로 옆에 있는 사람을 그렇게 쉽게 놀릴 수 있다니, 타카세 씨와 있으면, 늘 혼란스럽다.

“내가 후쿠오카로 가서 속이 시원했어?”

몸을 약간 기울여 내 얼굴을 들여다보는 다카세 씨에게 나는 그저 이상한 질문이네요, 라고 말할 수밖에 없었다.

“오사다 씨는 무슨 생각을 하는지 잘 모르겠단 말이지.”

다카세 씨는 잔을 기울여 버번을 마셨다. 코스터 옆에 놓인 실버 손목시계는 새벽 1시를 가리키고 있었다.

“아이들은 몇 살이 됐어요?”

“몇 살일 것 같아?”

“후후, 미팅 나온 여자 아닙니다.”

그렇게 말하자, 아하하 하고 다카세 씨는 웃더니 또 손등으로 코를 문질렀다.

“다카세 씨.”

“응.”

“나, 이제 다카세 씨, 만나지 않을 거예요.”

그 순간 깜짝 놀라 나를 본 다카세 씨는 이내 시선을 떨어뜨리더니 다시 미소 지으면서, 그렇구나, 하고 조그맣게 말했다.

◇

“기사님, 가이엔니시도리로 가주세요.”

택시를 잡아 뒷좌석에 앉자, 열린 문 너머로 다카세 씨가 얼굴을 들이밀며 기사에게 말했다.

“잘 먹었습니다. 후쿠오카 생활, 재미있게 보내세요.”

“일로 만나면 되잖아. 회사, 그만두면 안 돼.”

“네, 감사했습니다.”

“오사다 씨, 미안.”

“뭐가요?”

“응, 예뻐졌네.”

“손님, 가이엔니시도리라면 다음 모퉁이에서 유턴해야 하는데 괜찮겠습니까.”

“아, 그렇게 해주세요. 그럼, 잘 가.”

그리고 문이 쾅 닫히고, 창 너머에서 다카세 씨가 손을 팔랑팔랑 흔들었다. 얼른 인사를 한 뒤 고개를 들자, 택시는 이미 달리기 시작했다.

택시 창에 내 얼굴이 어슴푸레 비쳤다. 눈꼬리까지 짙게 남은 눈썹은 무리해서 그린 티가 나 우스꽝스러워 보였다. 립글로스를 덧칠한 입술은 이미 바싹 말라 있었고, 손목에는 아이새도에서 떨어진 라메가 반짝였다. 다카세 씨가 마지막만큼은 예쁘다고 생각해주길 바랐다. 하지만 막상 그 말을 듣고 나니, 예쁘다는 말 따위 아무 의미도 없다는 걸 깨닫고 허무해졌다. 정말로 듣고 싶었던 말은 그게 아니었다. 그 사실을 마지막 순간에야 깨닫자, 나 자신이 말할 수 없을 만큼 초라해서 더는 버틸 수가 없었다. 눈가가 뜨거워져, 잠시 후 손끝으로 눈물을 훔쳤더니 까만 마스카라가 묻어나왔다.

"젖어도 안 지워진다 카더만."

"예? 뭐라 하셨습니까?"

"순 거짓말째이."

"예? 무슨 말씀이신지?"

코를 힘껏 들이마시고, 백미러에 비친 능청스러운 운전사를 째려보며, "아까부터 타이밍이 와 이래 지랄같노." 소리 내어 욕을 해버렸다.

"어이, 유리."

"네."

"이리로 와봐."

"안 가요."

"에이."

남은 야채볶음과 캔맥주가 널린 낮은 탁자를 사이에 두고 마주 앉아 있던 케이타는, 과장스럽게 토라진 척하고 벌렁 드러눕더니 당연한 듯이 내가 아끼는 쿠션을 머리에 벴다. 흰색과 분홍색 거베라가 수놓인 쿠션으로, 제법 고급 잡화점에서 큰맘 먹고 산 것이다.

"그거, 케이타가 자꾸 베고 누워서 다 찌그러졌습니다만?"

"어때, 이 정도쯤이야."

“새 걸로 사줘요.”

“같이 사러 가자.”

“안 가요. 사와요.”

내가 왜 네 쿠션을 혼자 사러 가. 케이타가 웃으며 말하더니 곧 내게 등을 돌린 채 스마트폰을 집어들고 조용히 화면에 시선을 고정했다. 그의 뒤통수 너머로 번쩍이는 화면이 비쳤고, 누군가와 라인을 주고받는 걸 알아차린 나는 반사적으로 고개를 돌려 눈앞의 캔맥주를 집어들었다.

◇

케이타를 만나기 전부터 여자 문제가 많은 사람이라는 이야기를 지겹도록 들어서 잘 알고 있었다. 내가 일하는 라이브하우스에서 그의 밴드가 공연을 하게 되었을 때, 음향을 맡은 나는 필요 이상으로 경계심을 품고 대했다.

말은 넉살 좋게 하면서 여러모로 무책임한 점도, 여자 스태프들이 헛된 기대를 품게 만드는 말과 행동을 반복하는 점도, 내 머리카락을 가볍게 쓰다듬던 계산된 손짓도, “유리한테만이야.” 하고 웃으며 음료수를 건네는 것까지 나는 진심으로 경멸했다.

　라이브하우스 스태프 가운데는 케이타를 보고 '귀엽다'라는 사람도 있었고, '멋지다'라는 사람도 있었다. 하지만 나는 그 말들에 전혀 공감할 수 없었다. 겉만 번드르르한 모습에서 매력을 느끼는 자체가 한심했다. 여자 문제로 늘 시끄러웠지만, 남자들에게 미움을 사거나 시샘을 받는 일도 없고, 케이타는 이미 모두가 '용서하는' 분위기로 가득했다. 내가 받아들이기 어려운 건, 케이타를 용서해주는 게 아니라 이상하게 케이타 앞에서는 용서하지 않을 수 없게 되는 기분이 드는 것이다. 요컨대 나는 케이타의 온갖 한심한 점들을 다른 사람들처럼 그냥 넘겨버리질 못했다.

　집 근처 편의점에서 케이타를 우연히 만난 그날, 내 기분은 몹시 우울했다. 그 우울이 멀리 날아가길 바라는 마음으로 발포주 롱캔 세 개를 집어서 아무렇게나 바구니에 넣었을 때, 트레이닝복 차림의 케이타가 다가와 어깨를 쳤다.

"유리, 지?"

"아, 네."

"이 동네 살아?"

그곳에 있는 것은 라이브하우스에서 보던 케이타보다 더 말라 보이는 케이타로, 원래도 선이 가늘었지만, 그날은 더 가늘고 길어 보여서 신기했다.

　건성으로 몇 마디 쓸데없는 얘기를 나눈 뒤, 케이타가 "유리네 집에 가서 가볍게 한잔하자."라고 했다. 나는 왜 그렇게 대답했는지 지금도 알 수 없지만, 자포자기한 마음이었는지 "그래요." 하고는 그대로 10분쯤 걸어 우리 집에 도착했다. 좁은 원룸에서 낮은 탁자를 사이에 두고 발포주 몇 개를 마시며, 라이브하우스 일과 주변 밴드들 이야기를 스스럼없이 나누다 보니, 어느새 둘 다 그대로 잠들어버렸다.

그 뒤로 케이타는 걸핏하면 우리 집에 들렀다. 싸구려 술을 마시고 내 쿠션을 베고 누워서, 기분이 좋아지면 관상용 우쿨렐레를 치기도 하고, 내 우동으로 야키우동을 만들어 다 먹기도 하고, 반쯤 남기기도 했다. 나도 모르는 사이 매주 토요일 방영되는 다큐멘터리 프로그램을 녹화 예약해놓고는 우리 집에 와서 챙겨 보았다. 이 집에서는 그 정도 말고는 아무 일도 일어나지 않은 채, 어느새 석 달이 지나고 있었다.

◇

"케이타 씨, 얘기 들었어요."

"뭘."

"가야마 씨한테 손을 댔다는 이상한 이야기."

"가야마 씨?"

“쓰구미 씨네의.”

“아아.”

케이타는 쿠션을 머리에 벤 채, 이쪽을 보지도 않고 건성으로 대답만 했다.

“가야마 씨, 우리 집에 올 때마다 기소베 씨한테 케이타 씨 얘기를 하니까요.”

“얘기하라 그래. 그런 걸로 균형을 잡는 거겠지.”

“균형.”

“유리도 균형을 잡잖아, 기분 나쁜 일 있으면.”

“균형.”

“기분 나쁜 일 있을 때, 뭐 해?”

“음악을 들으면 그런 건 금세 잊어버리곤 합니다만.”

“오, 나는 음악 싫어.”

“제일 좋아하면서.”

푸흐, 하고 공기 빠지는 듯한 소리를 내며 케이타는 웃더니, 천천히 상반신을 일으켜 탁자에 있던 하얀 담배를 집어들었다.

“유리.”

“네.”

“으음.”

“뭐요.”

“귀여워.”

그렇게 말한 뒤 내 눈을 빤히 바라보며 기분 좋은 듯 미소 짓던 케이타는, 불붙은 담배를 입에 물었다. 스읍, 하고 들이마시고는, 곧 같은 박자로 후 하고 내뱉었다.

"그런 말 필요 없어요."

"진짜, 진짜. 얼굴도 귀엽고 성격도 귀여워."

"닥치세요."

담배 연기가 자욱해져 주방 환풍기를 켜려고 자리에서 일어섰더니, 이번에는 장난스럽게 "귀여워어어—." 하는 소리가 뒤에서 들려왔다. 나는 돌아보며 일부러 과장스럽게 한심하다는 얼굴을 지어 보였다. 그러자 케이타는 또 푸쉭 하고 웃음을 터뜨렸다.

케이타가 내 앞에서 이런 묘한 말과 행동을 되풀이하는 이유는 단 하나였다. 눈앞에 있는 여자가 누구든 상관없이, 그 순간 곁에 있는 여성의 마음을 흔드는 일을 즐기기 때문이라는 걸 나는 온몸으로 알고 있다.

그것이 고약한 취미인지, 아니면 질 나쁜 재능인지는 모른다. 하지만 그는 여성의 호감을 사는 데 놀라울 만큼 능숙했다. 그래서 결국 많은 여자가 케이타에게 마음을 내주었다가, 저마다 슬퍼하고, 분노하고, 우울해하는 결말을 맞곤 했다. 그런 결말만이 세상에 계속 생겨나고 있었다.

이따금 여자 이야기를 할 때의 케이타는 냉담하고 불쾌해서, 그가 여자를 대하는 태도에서는 공감도 존경도 할 여지가 없었고, 남는 건 혐오감뿐이었다. 나를 향해 가볍게 민망한 농담을 던질 때도 마찬가지였다. 어딘가 무시당하는 듯한 기분이 들어, 불쾌해지기 일쑤였다. 그가 던지는 뻔한 말에 들떠 있는 것도 한심한데, 그의 제멋대로인 행동에 끌려다니며 자제력을 잃고, 결국 쩔쩔매는 모습까지 보인다면 그건 어리석음의 끝, 비웃음을 살 수밖에 없다. 그에게 쉽게 마음을 주었다가 금세 무시당하고, 그래도 케이타가 보고 싶다며 괴로워하는 가야마 씨 같은 여자가 정말 세상 어디에나 있다는 말인가. 케이타를 좋아한다는 건 곧 미래의 가야마 자리를 두고 치르는 오디션에 스스로 뛰어드는 것이나 다름없었다. 그런 터무니없는 오디션에서 보기 좋게 합격할 정도라면 제정신인 여자일 리 없다.

◇

"케이타 씨, 벌써 2시예요. 자려면 그쪽에서 자요."

가야마 이야기를 나눈 지 몇 시간이 흘렀다. 켜둔 텔레비전에서는 누가 좋아하는지 모를 물건들을 늘어놓은 홈쇼핑 방송이 흘러나왔다. 케이타는 아직 불이 남은 짧은 담배와 스마트폰을 테이블에 올려둔 채, 또다시 축 늘어진 몸으로 꾸벅꾸벅

졸기 시작했다. 나는 자리에서 일어나 그를 깨우려 했다.

"유리가 침대에서 자니까, 난 아무 데나 있어도 되잖아."

케이타는 일어날 생각도 하지 않고 누운 채 그렇게 말했다.

"일어나면 걸리적거리잖아요. 괜히 깨우게 되고요."

"어이, 유리."

"네."

"이리 와."

"안 가요."

"유리."

"좀 가만히 있으세요."

그 순간, '띠링' 하고 익숙한 알림음이 울리자, 그의 스마트폰이 번쩍 빛나며 메시지 표시가 떴다. 무심결에 시선이 닿았지만, 전문은 읽지 못했고, 줄줄이 늘어선 귀여운 이모티콘 몇 개가 단번에 눈에 들어왔다.

"케이타 씨, 뭐 왔는데요."

"나중에 봐도 돼."

"저기, 저쪽에서 제대로 누워서 자요."

"이봐, 이리로 와."

"안 간다니까요."

"괜찮잖아."

"괜찮지 않고요, 자려면 저쪽에서."

"저기, 유리."

"그보다 메시지 왔다고요."

"그건 됐다고."

"아니, 되지 않았어요. 왜 맨날 여기서 자는 거예요? 집에 가면 될걸, 언제까지 이렇게 느닷없이 남의 집에 들이닥칠 건데요? 쿠션도 다 찌그러지고, 오는 이유도 알 수 없고, 나도 보고 싶은 드라마가 있는데, 혼자 있을 시간은 점점 없어지고. 그보다, 민폐라고는 생각 안 해요? 너무 자기 멋대로잖아요? 나도 한가한 거 아니거든요. 지난번에도 자기 멋대로 자가리코(막대 모양 감자 과자—옮긴이) 다 먹어치웠잖아요. 나 그거 뜨거운 물에 녹여서 치즈 넣고, 콘소메 포테이토도 넣어서 먹으려고 했는데, 집에 와보니 없대요. 콘소메도 다 먹어치워서 나 편의점까지 사러 갔다고요. 게다가 케이타 씨, 우산도 멋대로 가져갔잖아요. 그날 나 아침부터 다카다노바바에 가야 했는데."

"시끄럽네."

"허, 시끄럽지 않아요. 좀 일어나봐요."

"싫어."

"케이타 씨."

"뭐."

"저쪽에서 자요."

"싫어."

"그럼 가요."

"싫어."

"뭐 왔다니까요."

"유리하고 상관없잖아."

"상관없으면 전원을 끄던가요. 보이잖아요."

"왜 신경 써, 신경 쓸 필요 없잖아."

"왜라니요."

순간, '띵' 하고 날카로운 소리가 울렸다.

팽팽한 긴장이 이 작은 방 안을 달리는 소리에, 나는 꼼짝도 할 수 없었다. 마치 표면장력이 한계에 다다른 물이 작은 진동에 흘러넘치듯, 이성이 통제되지 않는 곳에서 무심코 터져나온 말에 당황했다. 심장은 안쪽에서 사정없이 가슴을 때렸고, 나는 그 고동에 지배되어갔다. 조금 전 케이타가 담배를 피우느라 켜둔 환풍기 잡음조차, 이 긴장을 누그러뜨리지 못했다. 지금은 침을 삼키는 소리마저 들릴 것만 같아, 나는 등을 돌린 채묵묵히 앉아 있는 케이타의 뒤통수만 묵묵히 바라보았다.

"유리."

한참 후, 자세를 바꾸지 않고 이쪽을 돌아보며 방 안 가득 팽팽한 긴장을 먼저 푼 것은 케이타였다.

"뭐요."

"유리 말이야."

"왜요."

"나 좋아하지?"

"아닌데요."

"흐음."

"난 미래의 가야마 씨가 되고 싶지 않아요."

"후후, 뭐야, 그건."

그의 말과 행동이 어디에서 비롯되는지는 이제 진저리날 만큼 잘 알고 있다. 무책임하게 쾌락적인 말과 행동을 되풀이한다는 것도, 눈앞의 여자를 희롱함으로써 자존심과 허영심을 채운다는 것도 충분히 알고 있다.

경멸스럽고 환멸스러울 뿐, 존경할 만한 데도 없고, 마음이 갈 만한 구석도 하나 없다. 그를 거절할 이유라면 얼마든지 떠올릴 수 있고, 거절하지 못할 이유는 어디에도 없다.

그런데도 왜 밀어내지 못했을까. 왜 결국 이렇게 돼버린 걸까. 수없이, 정말 수없이 그 생각을 하지 않으려 했고, 애써 뿌리쳐보기도 했는데, 이제 와서는 아무것도 알 수 없어졌다.

"가야마 씨가 불쌍해요."

"뭐?"

"오디션까지 열리고."

"무슨 소리야?"

"케이타 씨, 나."

"됐으니까 이리 와."

그렇게 말하곤 케이타는 휙 몸을 돌려 미소 지으며 손을 내밀었다. 그 손을 잡는 순간, 나는 다음 주쯤엔 기소베 씨에게 울며 매달리게 될 거라는 사실을 알고 있었다. 그럼에도 혹시나 하는 얄팍한 기대가 목 언저리를 은근히 적셔왔다. 내일이 되면 후회할 것을 아는데, 이성은 고막이 찢어질 듯한 경고음을 울리는데, 그런데, 어째서인지 이끌리듯 천천히 오른쪽 다리에 체중이 실리고, 케이타의 손을 향해 내미는 이 오른손을 멈출 수가 없었다.

〈오늘 만날 수 있어?〉 하는 그의 연락을 본 것은 오후 5시쯤으로, 아직 근무 중이었다. 그 메시지를 받은 기쁨 뒤에 바로 밀려온 것은 하필 이렇게 입고 온 날에, 하는 작은 절망감이었다. 남아 있던 자료 작업을 대충 마무리하고, 못마땅해하는 동료들의 눈길을 애써 모른 척하며 당당하게 "먼저 갈게요." 하고, 오후 5시 15분에는 회사를 뛰쳐나왔다. 직장에서 가장 가까운 백화점에 도착한 건 오후 5시 30분쯤이었고, 십 분 뒤에는 4층 구두 매장에서 저렴하지만 제법 괜찮아 보이는 하이힐을 골라 신었다. 점원에게, 그냥 신고 갈게요, 하고 원래 신던 슬립온을 감추듯이 쇼핑백에 넣었다.

새 구두를 신으면 발뒤꿈치가 까지는 건 당연한 사실. 집에 갈 때 반창고를 사야지 생각하며, 막 산 딱딱한 인조 가죽 하이힐을 신고 파우더룸이 있는 2층으로 향했다. 에스컬레이터에서 내려 2층에 도착하자, 저렴한 액세서리 가게가 눈에 들어왔다. 발길이 절로 향해 이것저것 둘러보다가, 세로로 가늘게 흔들리는 금빛 귀걸이를 사서 재빠르게 계산을 마쳤을 즈음엔, 이미 오후 6시가 지나 있었다.

빠른 걸음으로 파우더룸에 가서 비어 있는 자리에 재빨리 앉았다. 커다란 거울 속에 비친 현재 상태를 찬찬히 확인하고, 무릎 위에 놓인 가방을 열어, 노트북과 작업용 자료가 든 투명 파일을 헤집고 휴대용 고데기를 꺼내 꽉 잡은 뒤, 전원 버튼을 길게 눌러 열판이 달아오르기를 기다렸다. 그사이에 파우치를 꺼내 아이라이너를 집어들고, 거울을 응시하며 지워져가는 눈꼬리를 다시 그렸다. 그리고 방금 산 아이새도에서 오렌지빛 색을 골라, 부담스럽지 않을 정도로 눈두덩에 발랐다. 고데기에 손을 대보니 달궈져 있었다. 얼른 집어들고 앞머리와 얼굴 주위만 가볍게 다시 펴는 데 집중했다.

시계를 보니 오후 6시 30분을 가리켰다. 아, 앞으로 30분 남았구나, 하고 굳은 각오로 거울을 다시 응시했다. 모자라지도 넘치지도 않게 세심히 신경 쓰며 컨실러와 하이라이트, 블러셔와 마스카라를, 너무 애쓴 티가 나지 않도록 조심스럽게 발랐다. 아냐, 그래도 머리끝을 조금 더 말까, 하고 다시 고데기 전원을 켰을 때. 새 메시지가 1건 들어왔다. 〈미안, 역시 오늘은

어려울 것 같아. 다음에 만나자.〉하는 문자가 나란히 늘어선
화면을 보는 순간, 머리 꼭대기에서부터 공기가 쉭 빠져나가는
듯한 허탈감이 밀려왔다.

느릿느릿 올라가는 온도가 표시되는 고데기를 멍하니 보다
가, 기왕 하는 김에, 하고 느린 손놀림으로 머리카락 끝을 말기
시작했다.

◇

"진짜로 나도 그때 마침 메밀국수가 먹고 싶었습니더."

이시미는 그렇게 말하며 메밀국수를 들여다보다가 젓가락
을 양손으로 쫙 갈라 들었다.

"메밀국수를 마침 먹고 싶을 때가 있어?"

"있지요, 사실은 카츠동을 먹고 싶었지만."

"카츠동 먹고 싶었네."

"에이, 뭐. 메밀국숫집 카츠동도 맛있거든요."

그렇게 말하고 이시미는 메밀 판의 면을 젓가락으로 아무렇
게나 집어서 장국에 푹 담갔다.

후드 모양이 흐트러지지 않은 이시미의 파카 가슴팍에는 나
도 아는 길거리 브랜드 로고가 선명히 박혀 있었다. 메밀국수

를 입으로 가져가는 그의 손목에 찬 투박한 검은색 캐주얼 시계는 내 직장에서는 좀처럼 볼 수 없는 물건이었다. 노란 직모의 긴 앞머리를 성가신 듯 걷어올리며, 이시미는 메밀국수를 경쾌하게 후루룩 들이켰다.

"미도리 씨, 그거, 오늘 샀는 기라요?"

문득 고개를 든 이시미가 젓가락 끝으로 내 옆자리에 놓인 쇼핑 가방을 가리키며 말했다.

"퇴근하는 길에 구두 샀어."

"오호, 그러십니까."

"그냥 평범한 거야. 이시미는 어땠어? 평일에도 팔려?"

"그라믄요. 엄청나게 팔렸어요. 미도리 씨는 모르겠지만, 내 그 갤러리에서 꽤 에이습니더. 진짜로 내가 미도리 씨하고 밥 먹을 남자가 아이라니까요. 앙미카 같은 사람이나 밥 먹을 수 있는 남자라니까요."

"앙미카?"

"어? 앙미카 아닌가? 앙미카가 어떤 사람이었더라요?"

"미인에다 간사이 사투리를 쓰고, 흰색이 몇 가지나 되는지 알고 있고, 전 남친이 스파이였다고 말하는 사람."

"진짜로 어떤 사람이고."

하핫, 하고 웃더니 다시 메밀국수를 후루룩 먹으며, 맛있다, 카츠동도 시키뿌까, 하며 메뉴판을 슬쩍 집어들었다. 한참 들

여다보더니, 찡그린 얼굴로 겁나 비싸네, 하고 중얼거려서 나
도 엉겁결에 웃음이 터졌다.

◇

"이 메밀국숫집엔 미도리 씨하고만 와요."

맥주 두 잔을 비우고, 고구마 소주 미즈와리로 바꾼 이시미
가 잔을 기울이며 그렇게 말했다. 나는 첫 잔 맥주를 반쯤 남긴
채, 여전히 그대로 멈춰 있었다.

"메밀국숫집이고 뭐고 너는 애초에 이케부쿠로를 잘 안 오
잖아."

"맞심더, 너무 멀어요. 이케부쿠로는 빌로 좋아하지도 않고."

"알아. 나도 그래. 그래도 회사 들어온 뒤로 조금은 익숙해
졌어."

"뭐, 맛집은 많더만요. 근데 너무 멀어가꼬."

"멀리까지 잘 와줬네."

"내가 와 이런 데까지 오는지, 생각도 안 하는 것 같은데요."

이시미는 서운하다는 표정으로, 추가로 주문한 순무 절임을
하나씩 떼어내며 그렇게 말했다. 나는 곧장, 공짜로 메밀국수
를 먹을 수 있어서지, 하고 대답했다.

"바보 아입니까, 메밀국수쯤은 내가 사묵을 수 있다 카니까요. 내 에이스라 그랬잖아요."

과장스럽게 흘겨보는 이시미 얼굴을 보고 나는 또 웃었다. 그 순간, 달랑거리는 귀걸이가 거슬려 재빨리 빼서 테이블에 툭 내려놓았다.

"그 귀걸이, 예쁘네요."

"정말? 싸구려야."

"구두도 싸구랍니까?"

"응, 쌌어. 하이힐."

"어, 와, 미도리 씨 신발, 엄청 더럽네."

불쑥 테이블 밑을 훑던 이시미가 내 발끝을 보고는, 과장스럽게 놀란 척하며, 대박이네, 뭐라요, 그게, 하고 웃었다.

"일하러 가는 거니까 슬립온만 신어도 돼. 회사에서는 갈아신고."

"잘도 그런 신발 신고 나를 부르네요."

"신발이랑 상관없잖아."

"하긴, 뭐, 신발은 상관없지요. 샌들이든 맨발이든 상관없심더."

그렇게 말한 이시미는 짧아진 담배를 재떨이에 비벼 끄더니, 천천히 내 쪽을 바라봤다. 나는 얼떨결에 시선을 돌렸다가, 아, 하고 깨달았다. 그리고, 다음엔 이 새 하이힐 신었을 때 부를게, 하고 웃어주었다. 그 순간, 테이블에 있던 스마트폰이 진동했다. 새 메시지 1건. 〈지금 끝났는데 역시 오늘 만날까?〉 하는 글씨가 눈에 들어왔다.

"이시미."

"뭐요."

"나도 고구마 소주 마실까나."

"못 마신다면서요?"

"마실 수 있어."

"이거 좀 마셔보던가요."

이시미가 들고 있던 잔을 내 쪽으로 쑥 내밀었다. 나는 그 잔을 받아 한 모금 삼켰다. 고구마 소주의 향이 코언저리에 눅진하게 달라붙었다.

"음, 역시 난 맥주로 할래."

"아이고, 맛 차이 아는 것처럼 그러지 마요. 그냥 못 마시는 것뿐이면서."

그렇게 말하고 이시미가 또 웃으며 내 손에서 잔을 빼앗아 갔다.

"미도리 씨, 다음에요."

"응."

"아니, 거 있잖아요, 메밀국수 말고, 어데든지 딴 거 먹으러 가입시다."

시선을 내리깔며 말하는 이시미에게서 당돌한 긴장이 감돌았다. 하지만 그 긴장을 전혀 눈치채지 못한 듯 태연하게, "그러자." 하고 대답했다. 파우더룸에서 고데기로 손질한 앞머리 따위는 아무래도 상관없다는 듯, 귀걸이를 빼고 더러운 슬립온을 신은 채 술을 마시기 시작한 지, 한 시간이 지났을 무렵이었다. 아무렇게나 질끈 묶은 머리여도, 그렇게 말해주는 이시미를 한 남자로 볼 수 있다면, 아니, 보고는 있다. 가늘고 긴 눈매도, 가늘고 예쁜 손가락도, 무뚝뚝한 태도도, 적절하게 듣고 싶은 말을 해주는 점도, 조금은 매력적으로 느껴지는 건 사실이었다. 항상 의지하면서도 꾸미지 않은 채로 편히 만날 수 있는 이시미보다, 늘 꾸미고 싶게 만드는 그에게서 벗어나지 못하는 건 어리석은 짓일까.

그에게 휘둘리지도 않고, 사소한 상처를 입는 일도 없다면 이시미를 필요로 하는 일도 없어질까. 한참 전부터 미지근해진 맥주를 한 모금 핥듯이 마시고, 슬슬 갈까, 라고 했더니, 이시미가, 그럼, 화장실 좀 갔다 올게요, 하며 자리를 떴다. 눈앞의 빈자리를 바라보다, 나는 스마트폰을 들고 메시지 창을 연 뒤, 〈나도 지금 일 끝나서 갈 수 있어.〉 하고 답장을 보냈다.

"아오이는 그냥 친구라고 몇 번을 말해야 알아?"

다쿠야는 성가신 듯 미간을 찌푸리며 그렇게 말하더니, 들고 있던 머그잔을 거칠게 탁자에 내려놓았다. 탁, 하는 둔탁한 소리가 좁은 거실에 울렸다.

내 남자 친구는 짜증을 억누르려 할 때면 눈을 오래 깜빡인다. 감긴 그의 눈꺼풀 언저리에 분노가 슬그머니 번져가고, 그것이 흘러내리지 않도록 눈에 힘을 주어 억누르고 있었다. 그리고 그 불쾌한 감정을 밖으로 내보내려는 듯, 코끝으로 천천히 숨을 내쉰다.

내게 느끼는 환멸과 진저림을 숨기지 않을 때마다, 그 태도가 슬프고 무서워서 나도 모르는 사이에 눈물이 하염없이 흐른다.

"나, 기미카한테 걱정 끼치고 싶지 않아서 아오이하고도 만나게 해줬잖아."

다쿠야는 작은 상자에서 짧은 전자담배를 꺼내며 말했다. 나는 아무 말도 하지 못한 채, 그저 흐르는 눈물을 훔쳤다. 언제나처럼 전자담배 특유의 향이 코끝을 스치고 지나갔다.

"뭐가 그렇게 불만이야? 나 여자 친구도 있으면 안 되는 거야?"

"……그런 말 하는 게 아니잖아."

"이봐, 나 아오이 만날 때마다 너도 꼭 부르잖아, 너 생각해서."

"그건 날 생각해서가 아니야. 뭔가 나를 견제하는 대책 같단 말이야."

"대책은 또 뭐야."

그가 가운뎃손가락으로 탁자를 일정한 박자로 두드리는 소리가 방 안 공기를 점점 팽팽하게 만들었다. 다쿠야의 감정은 속도가 붙을수록 쳇바퀴처럼 빠르게 돌아가고, 그 안에 갇힌 나는 햄스터처럼 억지로 균형을 맞추려다 보니, 좋든 싫든 감정이 함께 속도를 높였다.

멈추면 된다는 걸 알면서도, 속도가 붙은 이 다리도, 같은 속도로 돌아가는 쳇바퀴도 급히 멈추는 법을 몰랐다. 이렇게 되면 이제 무리라고, 위험하다고, 뒤통수 언저리에서 일그러진 경고음이 끊임없이 울리는데, 역시, 하고 당황하는 나와 달리 모든 것이 어긋나기만 했다.

"왜 내가 맨날 아오이 씨랑 같이 만나야 하는 거야?"

"뭐? 너도 아오이가 좋다고 했잖아."

"그야 다쿠야의 친구니까, 내가 그렇게 말할 수밖에 없잖아?"

"그렇게 말할 수밖에 없는 건 또 뭐야."

"내가 아오이 씨를 나쁘게 말하면 다쿠야는 나를 경멸할 거잖아."

"뭐? 그럼, 네가 아오이 좋다고, 착하다고 했던 말들, 다 거짓말이었던 거야?"

"거짓말이고 뭐고가 아니라, 그냥 좋아한 적이 없어. 처음부터 끝까지 한 번도. 아오이 씨도, 아오이 씨랑 있던 다쿠야도 다 싫었어. 다."

아, 제발. 아, 안 돼. 알고 있으면서도, 그 말은 끝내 터져나왔다. 말리려던 또 다른 내가 내민 손을 매몰차게 뿌리치고, 기세 좋게 튀어나와 사방으로 산산조각 흩어졌다.

다쿠야는 질린 얼굴로 나를 흘끗 보더니, 뭐야, 그거, 하더니 또 코로 숨을 내뱉었다. 그 숨은 작은 뱀 떼로 형체를 바꾸어 내 눈에 휘감겨서, 눈이 칼끝에 찔린 듯 아파오더니, 서서히 스며드는 듯한 통증이 밀려와 나는 속수무책으로 고통에 휘둘릴 수밖에 없었다.

◇

"기미카 씨, 진짜 귀엽다. 아나운서 같아. 아, 우카키 씨 닮았네. 다쿠야가 귀엽다고 맨날 자랑하더라고. 술만 마시면 꼭 기미카 씨 얘기야. 어? 이 달콤한 향 뭐지? 낯선데? 아, 클로에구나. 이성에게 인기 끄는 향이지, 그거. 귀엽다. 천상 여자네. 나? 나 향수 안 써."

처음 아오이 씨를 만났을 때 들은 말과, 그녀의 아무렇지 않은 태도에 나는 지금까지도 벗어나지 못하고 있다.

윤기 나는 검은 보브컷 머리를 자신만만하게 쓸어올리며, 장식 없는 티셔츠에 청바지를 입고 다쿠야에게, 너, 뭐라 했어? 바보 아냐? 하고 말하던 큰 목소리도, 맥주를 시원하게 들이켜는 모습도, 웃길 때는 크게 손뼉을 치며 입을 벌리고 호쾌하게 웃는 표정도, 그 전부가 묘하게 시원시원하면서도, 어딘가 위화감이 들었다.

아오이 씨가 화장실에 간 사이, 내가 "아오이 씨는 다쿠야한테 들은 이미지랑 좀 달라서 놀랐어. 진짜 예쁘더라." 하고 말하자, 다쿠야는 심술궂게 웃으며 "엥? 저 인간 돌출니잖아."라고 했다. 확실히 아오이 씨는 입이 큰 편이긴 했지만, 돌출니는 아니었다. 오히려 큼직한 앞니는 귀여운 동물 같아서 매력적이었고, 약간 위로 향한 매끈한 코는 사랑스러웠고, 눈도 크고 요즘 유행하는 매트 메이크업도 아주 잘 어울렸다. 돌출니잖아, 라니. 다쿠야가 왜 아오이 씨를 그런 식으로 말하는지, 도무지 이해할 수 없었다.

"이야, 회사에서 열나게 뛰어왔더니 머리가 이 모양이네. 대박이지? 실험 실패 후지만."

흐트러진 머리를 손가락으로 빗으며 천진하게 웃는 아오이 씨에게, 다쿠야는 "야, 너 장난 아니다." 하고 웃었지만, 나는 아오이 씨의 덧그린 눈썹도, 다시 그린 아이라인도, 들뜨지 않은 파운데이션도 다 보고 말았다.

◇

"이봐, 기미카, 아오이랑은 정말 그런 게 아니라니까."

"그런 게 아니라는 말도 줄곧 기분 나빴다니까."

"뭐야, 그게."

"'그런 게'란 게 어떤 거야? 아오이 씨는 '그런 것'이 아니고, 나는 '그런 것'이야?"

"그러니까 그런 관계는 절대로 되지 않는다고 몇 번이나 말해야 해?"

"그런 관계는 되지 않는다, 그런 게 아니다, 마치 그쪽 관계가 숭고하고, 가치 있는 것처럼 말하지 마. 나는 여자 친구지. 나는 '그런 것'이지. 지금까지 다쿠야 인생에서 몇 명이나 있었던 '그런 것'이지. 하지만 아오이 씨의 '그런 것'이 아니라고 하는 틀은, 아오이 씨밖에 없잖아."

"이야, 진짜 틀은 또 뭐야. 기미카, 너 이상해. 진정해."

"나 진정하고 있어. 줄곧 진정하고 있었다고. 다쿠야는 나보다 아오이 씨와의 관계를 더 소중하게 생각하고 있어."

"적당히 좀 해. 말이 안 통하네."

"교활해, 아오이 씨는. 그런 게 아니라는 말에 보호받으며 계속 다쿠야 곁에 있잖아. 나도 이런 모습, 다쿠야에게 보이고 싶지 않아. 그러나 연인이 된 이상, 환멸을 사고, 질리게 하고, 화를 돋우고, 상처 주고 또 상처받고, 끝내 다쿠야가 나를 싫어하게 된다 해도 그건 어쩔 수 없어. 하지만 아오이 씨는 줄곧 다쿠야에게 환멸을 사는 일도 없고 소중한 사람으로만 있잖아. 앞으로도 쭉 그럴 거잖아. 서로 얽히지 않게 조심하면서, 은근히 마음은 주고받으면서, 그렇게 평행선을 그어갈 거잖아. 그게 뭐야? 다쿠야에게 아오이 씨는 불가침 영역 같은 존재인 거야? 아오이 씨도 그걸 알고 있잖아. 말도 안 되는 이유를 붙여가며 그런 게 아니라고 하지만, 다쿠야도 아오이 씨도 그냥 교활할 뿐이야. 서로 연애 상대로 보고 있고, 서로 좋아하면서 이 관계의 가치는 연인이 되지 않는 데 있다고, 연인이 되지 않아

서 가치가 있다고, '그런 것'으로 떨어질까봐 긴장하는 것뿐이
잖아."

"기미카, 잠깐만. 이봐, 내가 좋아하는 건 너라고."

"다쿠야는 못 느끼는 척할 뿐, 아오이 씨도 좋아해. 다 알아."

"그런 게 아니라니까."

"더는 무리야, 헤어지자."

"……진짜 너 그러지 마."

말도 눈물도 멈추지 않은 채, 뒤죽박죽된 말들이 봇물 터지
듯 쏟아져나왔다. 나를 귀찮아하는 듯한 연인의 얼굴이 눈앞에
있어서 이런 말 하고 싶지 않았어, 그런 얼굴 보고 싶지 않았어,
그렇게 생각할 때마다, 아오이 씨는 이런 짓 하지 않아도 다쿠
야 곁에 있을 수 있다는 사실이 목덜미를 쿡쿡 찔러댔다. 따갑
고 아파서 눈물이 또 쏟아져 이제 그만 도망치고 싶어졌다.

"아오이와는 정말로 아무것도 없어, 아무것도 없다니까."

"……그게 싫어, 섹스라도 하는 편이 차라리 나았다고."

"할 리가 없잖아."

"그런 관계라도 되는 편이 나는 차라리 낫다고."

"무슨 소린지 모르겠네. 이봐, 아오이한테 질투할 거 없잖아."

"질투라도 할 수 있으면 좋겠어, 하지만 나 질투도 못해."

"……알겠어, 이제 아오이하고 만나지 않을게. 미안해."

그렇게 말하고 다쿠야는 어딘가 아픈 것처럼 천천히 눈을

감았다. 나는 뺨에 눌어붙은 눈물 자국을 닦느라 아무 말도 하지 못했다. 아오이 씨와 만나는 것이 싫은 게 아니었다. 다쿠야에게 나 말고도 소중한 여자가 있다는 것, 다른 형태로 소중한 여자가 떠날 듯 말 듯 그의 곁에 머무르고 있다는 사실을 도저히 받아들일 수 없었다.

질투라는 두 글자로 단정 지을 수 있는 감정이라면 차라리 좋겠다. 바람피운다고 몰아칠 수 있었으면 좋겠다. 나는 다쿠야와 아오이 씨의 관계를 나무라지도 못하고, 줄곧 방관할 수밖에 없었다. 다쿠야의 기묘한 말투와 화장을 고친 아오이 씨의 눈가, 그리고 작지만 분명한 위화감은 다쿠야가 아오이 씨 이야기를 할 때마다 내 안에서 이끼처럼 생겨나 끈적끈적 더럽게 퍼졌다.

"기미카, 미안해, 잠깐 이리 올래."

그렇게 말하고 나의 연인은 내 머리칼을 쓰다듬었다. 눈물로 엉망이 된 내 얼굴에 흘러내린 머리칼을 부드럽게 어루만져주었다. 나의 연인은 다정하다. 이 사람은 분명 내 연인이다. 하지만 그와 아오이 씨라는 여자의 관계는 과연 뭐라고 불러야 할까.

지친 듯 몇 번이나 미안해, 하고 중얼거리는 다쿠야의 다정함과 애정을 마음 깊이 느끼면서도, 앞으로도 우리는 그녀의 존재에 얽매여 있을 거라는 것도 또렷이 느꼈다. 그래서 또 숨을 제대로 쉴 수 없을 만큼 울었다.

“좋아하는 사람이 생겼어,
미안”

“나는 좋아하는 것 같아, 사귀고 싶은데.”

반소매를 옷장 깊숙이 넣어두고, 오랜만에 잠들어 있던 긴 소매 셔츠를 꺼내 입었던 그날 저녁에 내가 들은 두 마디 말의 위력은 실로 대단했다.

말 자체의 위력이라기보다 낡고 좁은 싸구려 선술집 구석, 편하지 않은 작은 원형 의자에서 몇 번이나 자세를 고쳐 앉으면서 나오토는 몇 번이고 입술 끝을 오므렸다가 벌렸다가, 내 눈을 보았다가 이내 피했다가, 또다시 바라보다가, 이것을 몇 번이나 되풀이하면서 천천히 한 단어, 한 단어를 고르던 그 순간은 몇 시간처럼 길게 느껴졌다. 어, 혹은 아, 같은 말을 섞어가면서 제대로 고정되어 손볼 데 없는 앞머리를 괜히 몇 번이고 만지다가, 그가 한 이 두 마디 말은 스며들 듯 천천히, 그러나 확실하게 번져간 탓에 지금도 내 몸 깊은 곳에 찰싹 달라붙어 떨어지지 않는지도 모른다.

"나오토와 함께 있으면 즐겁지만, 사귀는 건 아닌 것 같아."

당황하면서 한 내 말에 과연 위력이란 게 있었을까. 아무리 생각해도 아무런 힘도 없었던 것 같다. 왜냐하면 나오토는 그 말을 듣고도 잠시 후, "아냐, 사귀면 재미있을 것 같아. 나는 가나코를 엄청나게 아껴줄 거고, 가나코도 나를 좀 괜찮네 정도로 생각해준다면 나쁘지 않을 것 같아."라고 했다. 하지만 내 의견 따위 전혀 관계없다는 듯이, 내 말이 그에게 아무런 영향을 주지 않았다는 듯이 바로 이 말이 돌아왔다.

남자의 진심어린 구애는 여자를 들뜨게 하는 걸까. 나오토가 그런 식으로 단어를 고르며 말을 해주는 것이 어느 순간 기쁨이 되어가고 두 시간쯤 지나니, 아아, 나오토랑 사귀면 행복할지도 몰라, 하고 은근히 마음이 흔들렸다. 그리고 일주일 뒤에는 역시 불편한 의자밖에 없는 그 이자카야에서 '나오토의 여자 친구가 되어도 괜찮을 것 같아' 하고 중얼거렸다.

그 후로 나오토는 말한 대로 나를 아껴주었다. 매일 꼼꼼하게 연락해주었고, 퇴근길에, 나 오늘은 피곤하지 않아, 라고 하면 두 번이나 갈아타야 하는 우리 집까지 꼭 와주었다. 나오토도 피곤하잖아, 하고 미안해하면, 가나코네 집에 오면 피로가 풀려, 라며 환하게 웃었다. 친구와의 약속보다 나를 만나는 걸

우선해주는 그 온도에 미안함을 전했더니, 그야 너를 더 보고 싶으니까 어쩔 수 없지, 하고 태연하게 웃었다.

내가 무심코 보고 싶다고 한 영화 표를 구해서 팔랑거리며 자랑스럽게 보여주던 날, 기쁘고 간질거려서 많이 웃었다. 자신은 없었지만, 나오토가 좋아한다고 한 돼지고기찜을 처음 만든 날, 내 원룸의 작은 탁자에 차린 그 음식을 보고, 와, 하고 몇 번이나 감탄하더니 세 점쯤 먹은 뒤 젓가락을 내려놓고는 진지한 얼굴로 말했다. "더는 아까워서 못 먹겠어." 너무 느닷없는 말에 웃기고 또 기뻐서, 역시 많이 웃었다.

나오토는 내 머리칼을 쓰다듬을 때마다, 가나코의 머리칼이 좋아, 라고 했고, 내 뺨을 만질 때마다, 가나코의 얼굴이 좋아, 라고 했으며, 내 손을 잡을 때마다 가나코의 손이 좋아, 라고 했다. 그때마다 내 안쪽 깊은 곳에서 작고 행복한 떨림이 생기고, 그 진동은 미세하게 나의 눈물샘을 건드려서 금방이라도 울어버릴 것 같았다.

아침에 힘들게 일어날 때면 잠투정하는 모습도, 함께 다녀온 슈퍼에서 돌아오는 길에 그곳에서 흘러나온 노래를 흥얼거리는 버릇도, 큼직한 손도, 웃으면 드러나는 덧니까지도, 나오토와 함께한 모든 순간이 쌓이며, 나오토라는 사람은 점점 더 소중한 존재가 되어갔다.

◇

"좋아하는 사람이 생겼어, 미안."

이 두 마디 말의 위력 또한 엄청났다. 나오토와 사귄 지 1년 반이 지났을 무렵, 푹푹 찌던 어느 날 역 근처 카페에서 들은 그 말은, 언젠가 들었던 두 마디와는 뉘앙스가 달랐다. 그것은 내 모든 것을 단숨에 찢어발기고, 산산조각 내는 듯한, 아프고 괴로운 위력을 동반했다. 나오토가 달라지는 모습은 계절이 바뀔 때마다 조금씩 느꼈다.

연락도, 만나는 횟수도, 미미하지만 눈에 띄게 줄었다. 잠깐 이라도 보고 싶어서 지금 만나자고 하면, 나오토는 멀기도 하고 오늘은 피곤해서, 라고 거절했다. 휴일에 어디 가자고 제안 해도 전처럼 차를 갖고 오거나 계획을 짜는 일도 없어졌다. 가끔 만나도 전처럼 즐거워하는 표정을 보기 어려워졌고, 내 머리칼을, 얼굴을, 손을 만지는 일도 거의 없어졌다. 할 얘기가 있어, 라고 했을 때 뭔지 모르게 각오는 했지만, 그래도 좋아하는 사람이 생겼다는 보고에 역시 그랬군요, 알겠습니다, 하고 예의 바르게 말할 만큼 나는 씩씩하지 않았다.

어떻게 좋아하는 사람이 생길 수 있어, 하고 말하다가, 그런 건 어쩔 수 없는 일이라고 머리로 마음을 진정시켰다. 네가 먼저 내가 좋다고 했잖아, 말했지만, 그런 건 규칙 위반이 아니라는 것쯤 알고 있었다. 내가 아닌 여자를, 이 사람은 내게 해주었듯 아껴준다고 생각하니 진심으로 토할 것 같았다. 헤어지고 싶지 않았지만, 함께 있고 싶었지만, 눈앞의 사람이 이제 나와 헤어지고 싶다고 마음먹었다면, 결론은 하나뿐이라는 것쯤 알 정도의 나이는 먹었다.

"마음에 안 드는 게 있으면 말해. 고치도록 노력할 테니까."

한동안 아무 말도 하지 못하던 내 입에서 간신히 흘러나온 말은 놀라울 만큼 떨렸고, 그건 눈앞의 인간에게 아양을 부리는 여자의 목소리 그대로였다. 그 말을 하자마자 나오토는 혐오나 경멸과도 비슷하면서도 전혀 다른 표정을 지었다. 마치 징그러울 만큼 불쾌한 무언가를 바라보는 듯한 시선과 순식간에 일그러진 눈썹, 그 모든 것이 나를 한순간에 그저 추한 덩어리에 불과한 존재로 만들어버렸다.

나오토의 그 표정을 보는 순간, 모든 걸 깨달았다. 심장 언저리가 마른 걸레를 쥐어짜듯 아파오고 설명할 수 없는 불쾌감이 파도처럼 밀려들고, 눈물은 멈추지 않았다. 이 사람은 이제 나를 좋아하지 않는다. 어쩌면 이미 오래전부터 마음이 떠나 있었을지도 모른다. 모른 척하며 버텨왔지만, 마지막 몇 달은 그저 연명하는 시간에 지나지 않았다. 온갖 처치를 했지만 아무런 보람 없이, 어쩐지 내일부터는 나와 아무런 상관도 없는 사람이 되는 것 같다.

"그런 게 아니라니까."

"그럼, 뭔데? 너무 자기 멋대로야."

"내가 다 잘못했어. 그걸로 됐지."

"멋대로 나를 좋아하고, 멋대로 내 관심을 끌고, 만나고 싶을 때 만나러 오고, 나도 자기를 좋아하게 되니까, 멋대로 다른 사람을 좋아하고."

"그러니까 그걸로 됐다고."

그렇게 말하고 나오토는 테이블에 얌전히 놓인 전표를 필요 이상으로 거칠게 움켜쥐더니, 자리에서 일어나 어딘가로 갔다. 정말 어디로 갔는지 알 수 없는, 그런 곳으로 사라져버렸다.

나오토는 자기 멋대로였지만, 내게는 소중한 사람이었다. 친구에게 푸념하고 싶어도, 그의 험담을 들을 생각하니 주눅이 들어서 결국 말하지 못했다. 못된 사람이라고 미워할 수도 있었지만, 멋진 사람이었다고 함께한 시간을 떠올릴 수 있는 건 그래도 행복했다.

◇

"그래서 교제에 소극적인 건가요?"

이토이 씨가 슈트 소매 사이로 드러난 은빛 손목시계를 슬쩍 바로잡으며, 어이없다는 듯 그렇게 말했다.

"소극적이라기보다는, 아직 일 년밖에 지나지 않았고, 지금은 연애를 생각하고 싶지 않아요."

"그걸 소극적이라고 하는 겁니다."

사귀는 것을 '교제'라고 표현하는 눈앞의 남성이 나에게 호의를 품고 있다는 사실은 이미 오래전에 눈치채고 있었다. 그래도 핵심을 건드리지 않으려 얼버무리는 중이었는데, 이토이 씨는 술기운 탓인지 유난히 바짝 다가왔다.

"어째서 나하고 밥은 먹으러 오는 겁니까?"

"그건, 그냥, 즐겁기도 하고, 친구로서."

"내가 야나기 씨를 친구로 보고 있지 않다는 것은 이미 알고 있잖아요."

이렇게 밀어붙이는 방식이 나오토와 닮았다는 생각이 문득 스쳤다.

"으음, 나, 뭐라고 하면 좋아요?"

"자기가 하고 싶은 말을 나한테 묻지 말아요."

"저기, 솔직히 난 이제 상처받고 싶지 않아요. 이토이 씨도 지금은 그렇게 말하지만, 앞으로 어떻게 될지 모르잖아요. 그런 것, 이제 생각하기 싫어요."

"왜 자신만 상처받는 게 전제인가요? 야나기 씨가 나한테 상처를 줄 가능성도 있는데, 그것에 관해선 언급하지 않는 것, 자기중심적인 태도가 아닐까요."

"저기요."

이토이 씨는 내 표정을 보지 않은 채 코스터에 놓인 잔을 들어 남은 술을 단숨에 마셨다.

"그런 게 아니라, 뭐랄까… 나는 누가 나를 좋아한다고 말하면 그대로 마음이 기울어 좋아하게 된 경우가 많았어요. 전 남자 친구는 그런 연애의 총결산 편이죠. 더는 그런 식으로 반복하고 싶지 않아서, 저기, 다음에는 내가 먼저 좋아하고 싶어요."

"누가 먼저 좋아하건, 뭐가 중요해요."

"내게는 그렇지 않아요."

"결국 야나기 씨는 상대가 자신에게 호의적이란 것에 우월감을 느끼는 것뿐이지 않습니까. 교제는 서로 동등해야 하는데 야나기 씨 얘기를 듣다 보면, 자기가 우위에 있고 싶어하는 것 같아요."

"글쎄요."

"우세든 열세든, 어느 쪽이 먼저 사랑을 시작하든 그건 문제가 아닙니다. 다시 생각해봐야 할 점이 있다면 교제에 관해서지."

"저, 이토이 씨, 나를 밀어붙이면 넘어갈 것 같다고 생각하지 않으세요?"

"네? 넘어갈 것 같다는 건?"

“저, 겉모습도 이렇고 나이보다 어려 보인다는 말도 자주 듣고, 또 잘 휩쓸리는 편이라. 그래서 그동안 실수도 많이 했어요. 그래서요.”

“자기중심적인 사고방식입니다.”

“아뇨. 내 얘기를 하는 건데 내가 중심이 되는 게 당연하지 않나요?”

“친구로서 재미있다는 것도 변명처럼 들려요. 만약 사귈 생각이 없다면, 그렇게 말해도 됩니다만.”

“그런 식으로 몰아가면 곤란하죠.”

“야나기 씨도 모호하게 말하고, 얌체 같잖아요.”

“얌체 같다니. 저기, 우린 속도가 다를 뿐이에요. 피해자인 척하시면 난감해요.”

“피해자라, 그렇군요. 어쩌면 연애라는 게 가해와 피해일지도 모르겠네요.”

“그건 아니라고 생각합니다만.”

“나는 계속 야나기 씨를 좋아하고 싶은데, 이것도 가해일까요.”

가볍게 웃으며 말한 이토이 씨의 그 두 마디, 정확히 두 마디라고 할 수 있을지는 모르지만, 말의 리듬으로 보자면 두 마디쯤 되는 그 말은 굳어 있던 무언가를 풀어내는 용해제 같은 힘을 품고 있었다. 나는 무심결에 위력, 하고 중얼거렸다. 그러자

이토이 씨가 의아한 얼굴로 "인력(引力)이요?" 하고 되물었다. 아, 어쩌면 인력일지도 모른다. 왠지 그렇게 느껴졌다. 인력이 훨씬 단순하고 좋을지도 모른다. 스스로는 의식하지 못한 채 가시 돋친 말을 내뱉는 이 독특한 사람을 좋아하게 된다면 과연 어떻게 될까. 기대나 기쁨 같은 것은 없고 은근한 공포가 느껴진다. 늘 나를 즐겁게만 해주던 남자들과는 전혀 다른 말로 유혹하는 이 남자의 험상궂은 옆모습을 나는 이유 없이 멍하니 바라보았다.

"우와! 그럼 '사랑한다고 말해줘(청각장애가 있는 인물과 청인의 사랑을 다룬 드라마―옮긴이)' 세계인 거예요?"

"엥?"

"그거 왜, 도키와 다카코랑 눈이 가늘고 긴 남자 배우 나온 거."

"엉? 드라마 얘기야?"

"맞아요! 모르세요?"

"아니, 하라다 씨 세대 드라마 아니지 않아? 잘 아네."

"어릴 때부터 재방송을 엄청나게 했거든요. 청각장애인 남자 주인공이 역 플랫폼에서 처음으로 소리를 내잖아요, 그죠. 아, 츠마부키의 것도 있었죠?"

"오렌지 데이즈(청각장애가 있는 여대생과 청년의 사랑을 그린 드라마로 츠마부키가 주연―옮긴이)?"

"맞아요, 맞아! 미스칠(Mr.Children: 일본의 록밴드. '오렌지 데이즈'의 주제가 'Sign'을 불렀다. 드라마 인기와 함께 곡도 큰 사랑을 받음—옮긴이)의 그 곡도 좋았잖아요. 아, 최근에도 있었죠, 뭐더라, 그 가와구치 하루나의."

"으응."

"오오, 이치가와 씨 되게 순수하네요. 근력 트레이닝 좋아하는 상남자 스타일 좋아할 줄 알았는데. 아, 남자 친구 사진 좀 보여주세요."

"아니, 저기, 스마트폰, 데스크에 두고 왔어."

내가 그렇게 말하자, 하라다 씨는 '헐' 하며 눈을 동그랗게 뜨며 입을 삐죽거렸다. 그 몸짓도, 목소리도, 불쑥 내뱉는 말들도, 젊음이 가진 잔혹하고 무모한 한 면을 대차게 보여주는 것 같아서, 잠시 어안이 벙벙했다. 9월에 중도 입사한 하라다 씨와 회사 휴게 공간에서 점심을 함께한 건 이번이 두 번째였지만, 세 번째는 조금 더 시간을 두어야겠다고 은근히 마음속으로 다짐했다.

◇

"뭐꼬, 그 인간? 몇 살이고?"

주방에서 차가운 맥주 두 캔을 들고 거실로 나온 하즈키가 미간을 찌푸리며 말했다.

"스물네 살, 올해 스물다섯 된다고 했어."

"디기 어린 것도 아이구마. 너무하네."

"그래서 얘기하고 싶지 않았어. 근데 어찌나 끈질긴지."

"그런 스타일들 질기지. 끈질기게 물어싸노코 대답하만 반응은 신통찮아서 와 물었노 싶꼬."

"진짜 화났어. 유 사진도 보여달라고 성가시게 굴고."

"아, 근데 유 사진 보이주만 더 흥분해서 얘기가 길어졌을 끼다."

"응, 그래서 보여주지 않았어."

"똑띠."

하즈키는 웃으며 그렇게 말한 뒤, 테이블에 펼쳐 둔 슈퍼 음식들의 뚜껑을 차례로 열었다. 그리고 시오모츠니(곱창을 소금으로 간해 푹 끓인 일본식 찜 요리—옮긴이)가 이런 기네 하고 감탄했다. 음식 뚜껑들을 차곡차곡 포개는 하즈키의 손톱은 옅은 초록의 그러데이션으로 빛났다. 지난주에 봤을 때와는 색이 달라져 있음을 눈치챘다.

"네일, 예쁘네."

"진짜로? 카이토는 아무 소리도 안 하더라."

"카이토한테 그런 걸 바라지 마."

“맞다. 근데 그 하라다라 카는 아, 대단하네. 뭐, 나야 너거 회사에 새 캐릭터 하나 들어와서 듣는 재미가 있다만.”

“무슨 장르 캐릭터인지 모르겠어. 대체로 착각하는 것 같아. 왜 청각장애인이면 근력 운동은 안 할 거라 생각하지? 유는 그쪽 남자들보다 어깨도 근사하고, 좋은 헬스장 다니는데.”

“글케, 그래도 그건 결국 니 취향을 파악한 거네. 제법이구마, 하라다.”

“그만해.”

푸슉 하고 하즈키가 캔맥주 탭을 따서, 그 소리를 신호로 나도 같이 탭을 젖혔다. 수고, 하고 말한 뒤, 우리는 건배도 하지 않고, 잔에 따르지도 않고 그대로 첫 모금을 들이켰다.

“오오, 이치가와 씨 되게 순수하네요, 라니, 웃기지 말라고. 아, 안 되겠다, 점점 짜증 나. 아무것도 모르면서 편견으로만 얘기하다니. 나도 유한테 화날 때 많아. 그런데 그런 식으로 말하면 내가 대단한 성인군자라도 된 것 같잖아. 그냥 평범하게 남자 친구랑 싸울 때도 있고, 열받을 때도 있잖아. 그런데 그런 건 몽땅 무시하고, 순수하고 무구한 러브스토리만 전제로 얘기하는 거, 정말 짜증 나.”

“뭐, 어쩔 수 없재. 평범하게 사는 사람들은 청각장애인을 만날 기회 자체가 드무니까.”

“잠깐만, 나도 평범하게 살았어. 평범하게 살다가 유를 만난 거야.”

“맞네, 뭐지.”

“뭐지는 또 뭐야.”

“잠깐, 내한테 화풀이 쫌 그만해라. 자, 이거나 무라.”

“이거 산 건 하즈키잖아. 앗, 맛없어.”

“진짜 맛없네.”

하즈키는 시오모츠니 용기를, 나는 안 묵을란다, 하며 내 쪽으로 쓱 밀었다.

“유는 어떻노?”

“글쎄, 미묘해. 유, 자기중심적이야. 또, 다음 달에 플리마켓 가고 싶지 않대.”

“엥? 저번 달에도 그 얘기 했잖아?”

“맞아. 그 얘기 끝에 유가 적반하장으로 화를 내서 대판 싸웠잖아. 기본적으로 자기 멋대로야. 전에 얘기할 땐 앞으로도 가도록 하겠다고 했으면서, 약속 지키지 않아.”

“유가 뭐라 하던데?”

“자기중심인 건 너야, 라고. 나 어째서 ‘자기중심적’이라는 수화를 배워야 하는 거야? 몰라도 되지 않아? 어째서 이해해야 하는 거야?”

“재미있네.”

“재미있지 않아. 전혀 재미있지 않아. 울면서, 언제나 그런 식으로 약속 안 지켰잖아, 그랬지. 일일이 믿는 나는 뭐가 되냐고. 그랬더니 천천히 '마야, 한 번 더 말해봐'라는 거야. 전해지지 않은 거지. 나, 좀처럼 수화가 늘지 않는걸. 애초에 수화로 뭔가를 전하려고 할 때 뉘앙스가 정말 어려워. 내가 얼마나, 얼마나 참아가면서."

"예예, 끝. 그걸로 끝. 이러다 밤새우겠다."

그렇게 말한 뒤 하즈키는, 하루사메 샐러드는 니가 샀으니 니가 무라, 라고 했다. 그 슈퍼에서 하루사메 샐러드를 산 건 처음이었는데 마치 늘 사는 것처럼 말해서 웃었다.

◇

나도, 그리고 하즈키도 '장애'를 지닌 남자 친구가 있다. 내 남자 친구는 태어날 때부터 전혀 듣지 못했고, 하즈키의 남자 친구는 타인의 마음을 헤아리는 능력이 선천적으로 결여됐다고 한다. 내가 잘 몰랐을 뿐, 세상에는 '장애인'이라 불리는 사람들이 생각보다 많았다. 그리고 유와 하즈키와 카이토를 만나기 전까지, 나는 그런 사람을 단 한 번도 만나본 적이 없는 것, 그 사실이 왜였을까 하는 것, 또 남자 친구와는 어떻게 마주해야 할까 하는 것. 그런 생각들을 나는 유와 사귄 뒤 약 3년 동안 거의 매일 떠올렸다.

"에이, 하즈키, 우리 약한 소리도 하면 안 되는 거였어?"

"니가 하는 건 약한 소리가 아니다. 푸념이지."

"그렇지만 말야."

"안다."

하즈키는 캔맥주를 입에 대고 고개를 젖혀 꿀꺽 들이켰다. 이어 손에 힘을 주어 캔을 살짝 찌그러뜨린 뒤, '텅' 하는 소리를 내며 테이블에 내려놓았다. 뭔가 말하고 싶었던 것을 작심하고 꺼내려는 기색이 생생히 전해졌다.

"있재, 전에도 말했지만, 유도 나름대로 열심히 하고 있잖아. 마야가 부탁하만 다 들어주는 편 아이가."

"하지만 지금은 가기 싫다고 하고, 이제 들어주지도 않아."

"플리마켓 때 말이다, 유 혼자 있는 거 니도 알재? 처음엔 다들 신경 써서 수화로 인사도 건넸지만, 하고 싶은 말을 제대로 못하니 금방 힘들어져서 결국 아무도 유한테 말을 안 건다 아이가. 나도 그럴 땐 어째야 좋을지 모르겠더라. 유는 청인한테 먼저 말 걸기도 힘들끼고, 청인들끼리 즐겁게 떠드는 걸 계속 보기만 하고 있어야 한다 아이가. 그러니까 유를 청인 이벤트에 데리고 가고 싶으면, 수화할 줄 아는 니가 반드시 옆에 있어 줘야 된다."

"응, 뭐, 응, 그래, 그렇지만, 유도 노력하면 되잖아. 근데 왜 다들 수화를 못해? 영어와 마찬가지인 언어 수단이잖아. 의무 교육에 넣어달라고.”

“수화 문제는 그렇다. 근데 네가 유한테 그런 식으로 생각하만 유가 불쌍하데이.”

“엥, 나는? 나도 불쌍하지 않아? 어떻게 해야 좋은 거야? 줄 곧 유에게 붙어서 플리마켓을 해야 하는 거야?”

“극단적이고 자기중심적이다.”

“너무하네.”

내가 그렇게 말하자 하즈키는 또 웃었다. 하즈키는 착하다. 이럴 때, 언제나 그렇게 생각한다. 유의 입장을 헤아릴 수 있는 상상력이 있고, 내 기분에 공감하거나 공감하지 않을 때도 곁을 지켜준다. 그리고 그런 하즈키가 선택한 연인 카이토 역시 아주 따뜻한 사람이라는 것을 나는 알고 있다.

“카이토 씨는 어때?”

“맹 그렇다. 요전에 크게 싸웠거든. 나도 미안하긴 했는데, 그래도 고쳤으만 하는 점을 문자로 보내긴 좀 그래서 편지를 썼거든. 미안하다는 말도 넣고, 이럴 땐 이렇게 해주만 기쁘겠다, 말은 이렇게 해도 니 좋아한다, 이런 건 참 힘이 된다, 등등. A4 사이즈 고쿠요(일본 문구 브랜드—옮긴이) 편지지 네 장이나. 마음을 담아 써서 줬더만, 카이토가 읽고 뭐라카는 줄 아나?”

“음, 고맙다고?”

"아니. 편지 읽더니 '응, 읽었어. 그럼 잘 자.' 하고 그냥 자더라. 자지 말라고 좀. 잠이 오나."

"잠깐만, 기뻤다든가, '나는 이렇게 생각해' 같은 말은 없었어?"

"없다, 하나도. 허무하더라. 그런데 가마이 생각해보니, '평범함'을 요구하는 게 정상인들의 교만인 기라."

"정상인이라는 말 쓰지 마."

하즈키는 웃으며 자리에서 일어나 주방으로 가더니, 새 캔 맥주를 꺼내려고 냉장고 문을 열었다.

카이토 씨와 교제를 시작했을 무렵, 하즈키는 그에게 장애가 있는 줄 전혀 몰랐다고 한다. 다만 남들과 다른 점이 많아 갈등이 잦았고, 결국 한 번은 헤어지기까지 했다. 카이토 씨가 자폐 스펙트럼이라 불리는 발달장애를 가지고 있다는 사실을 알게 된 것은 이별 직후였다. 그제야 많은 일이 이해됐고, 그렇다면 헤어질 것이 아니라, 그 사실을 받아들이고 그와 함께하기로 했다. 하즈키는 착하고 강인하며 씩씩한 사람이지만, 한때는 자폐 스펙트럼을 가진 파트너와의 관계에서 의사소통이 원활하지 않아 카산드라 증후군(발달장애 파트너와의 소통 단절로 인해 배우자가 정서적 고립 상태에 놓이는 것—옮긴이)으로 불안장애를 겪은 시기도 있었다.

그래도 하즈키는 지금 카이토 씨와 함께 살아가는 시간을 선택했다. 하즈키가 카이토 씨 때문에 고민하는 모습을 볼 때마다, 하즈키는 더 좋은 사람을 만날 수 있을 텐데, 라는 생각을 하지 않았다면 거짓말일 것이다. 하지만 그럼에도 하즈키가 카이토 씨를 선택한 것은 카이토 씨가 그만큼 착한 사람이고, 또 카이토 씨 역시 하즈키를 사랑하기 때문이다. 다만 장애로 인해 그 마음을 온전히 표현하지 못할 뿐이라는 것을, 나도 가슴 아플 만큼 잘 알고 있다.

"마야한테는 더 잘 어울리는 사람이 있을 긴데."

"응?"

의자에 앉기도 전에 캔맥주를 마시면서 하즈키가 그렇게 말해서 놀란 나는 하루사메 샐러드 집던 손을 멈추었다.

"하즈키는 왜 그런 말을 하는 거야?"

"만날천날 싸우기만 하잖아. 유의 어디가 좋노?"

"어, 뭐, 얼굴에 반해서 시작했지만, 착하고, 재미있고, 같이 있으면 즐겁고, 일 열심히 하는 점도 좋고, 성실해, 굉장히."

"그럼 플리마켓에 안 데려가도 되잖아."

"뭐, 응, 아니, 그렇긴 하지만."

"유가 청각장애인들하고만 어울리는 게 좋다고 생각하는 건 아이다. 그렇지만 청인하고만 소통해야 하는 그런 환경에서 느끼는 스트레스는 니가 좀 더 이해해야 안 되겠나."

"그건, 나만 이해하면 되는 거야?"

“아, 미안.”

“아니, 그런 의미가 아니라.”

내가 그렇게 말하자, 하즈키가, 그래도 수화 억수로 늘었잖아, 하고 웃었다.

우리가 장애가 있는 파트너와 언제까지 잘 지낼 수 있을지, 언젠가는 지쳐버릴 날이 올지, 아니면 반대로 그들이, 아니, 유가 청인과 사귀는 데 지칠 날이 올지, 그건 모른다. 지금은 상상조차 할 수 없는 상처를 서로에게 안기는 날이 올지도 모른다. 아무리 시간을 들여도 이해할 수 없는 본질적인 부분이 있을지도 모른다. 그러나 그것은 파트너가 장애를 지녔기 때문일까. 알기 쉬운 이유를 찾으려 하는 것은 언제나 우리 쪽이 아닐까. 그렇게 자문하면서도 끝내 선명한 답은 얻지 못했다.

“나, 카이토한테 장애를 내세워서 안주하지 말란 말을 한 적 있다.”

“쎄네.”

“근데 있재, 애초에 안주하는 건 우리 쪽일지도 모른다. 이쪽이니 저쪽이니 생각하는 자체가 틀린 거지만. 아니, 이쪽이 돼버린 걸 사과하긴 했지만.”

“카이토 씨가 뭐래?”

“화장실에 다녀올게, 카대.”

“진짜 카이토 씨답네.”

“음하하.”

“그러고 보니, 요전에 유도 말이야, 뭐라더라…….”

"가쓰노리 씨는
예전부터 그랬어요"

에리코 씨는 자세가 참 반듯했다.

턱을 당기고 등을 곧게 펴서 앉아 있는 모습은 보는 사람까지 저절로 허리를 펴게 만들 정도였다. 세미 롱의 밤색 머리카락은 윤기가 흘렀고, 옅은 화장 너머로는 잘 관리된 피부가 깨끗한 인상을 주었다. 흰색 와이드 팬츠에 연한 주홍빛 셔츠 차림은 단정하면서도 세련돼, 바라보고 있는 것만으로도 괜스레 주눅이 들 정도였다.

"퇴근길이라 피곤하시죠? 미안해요."

에리코 씨가 미안한 듯 미소 지으며 말했다.

나는 반사적으로, 아닙니다, 하고 대답했지만, 문득 닳고 닳은 내 펌프스가 눈에 들어와 신경이 쓰였다.

"여기 루이보스티가 맛있어요. 배고프면 가레트도 시킬까요?"

느긋하고 온화한 그 말투에는, 숨기려 해도 품성이 배어났다. 그럼 루이보스티로 할게요, 하고 자리에 앉으면서 에리코 씨의 피부 톤과 잘 어울리는 옅은 벚꽃빛 립스틱을 바라보았다. 여성 잡지 화보에서 막 걸어나온 듯, 관엽식물이 가득한 이 오가닉 카페와도 자연스레 어울리는 에리코 씨를 보니, 대학 졸업할 때 산 정장을 아직도 지겹도록 입고 다니는 내가 이 공간에 과연 어울릴까 싶었다. 어쩐지 괜히 불편하고 어색하게 느껴졌다.

주문하고 잠시 기다리자, 동작이 유난히 느릿한 점원이 루이보스티를 화려한 티컵과 함께 가져왔다. 역시 느릿한 손길로 내 앞에 찻주전자와 티컵을 내려놓았다. 찻주전자를 들어 차를 따르는 동안, 아무래도 나와 어울리지 않는 공간이라는 기분이 들었지만, 한 모금 마셔보고는 묘한 단맛과 상쾌함에 놀랐다.

“아, 신기한 맛이네요. 정말 맛있어요.”

“다행이에요. 꼭 추천하고 싶었거든요.”

에리코 씨는 그렇게 말하며 두 손을 모았다. 그리고 천천히 앞에 놓인 아이스커피를 들어 얼굴 가까이 가져갔다.

◇

“마오 씨, 안경 잘 어울리네요.”

“이거요? 아니에요, 싼 거예요. 나사도 헐거워졌고요.”

“어머, 그럼 잘됐다.”

그렇게 말하며 에리코 씨는 가방에서 하얀 봉투를 꺼내더니, 미안해요, 하고 내 눈을 바라보며 말했다.

“몰랐죠? 마오 씨한테는 정말 너무 미안하네요.”

“아뇨, 저기, 에리코 씨가 사과하실 일은.”

“한심한 얘기지만, 나도 이젠 익숙해졌어요.”

“아, 그건, 저기, 그렇군요.”

“가쓰노리 씨는 예전부터 그랬어요. 놀기 좋아해서. 신경 쓰지 마세요.”

“그렇게 말씀하셔도, 저.”

“못된 짓을 했으니, 이거라도 받아주세요.”

“아닙니다, 그런.”

“늘 있는 일이에요.”

에리코 씨는 고개를 살짝 갸웃하며, 재촉하듯 다시 한번 나를 향해 미소 지었다. 그 미소에 평온함은 없었지만, 옅고도 분명한, 그러면서도 묘하게 밝은 압력이 느껴졌다. 나는 결국 “하아.” 하고 한숨을 뱉으며 봉투에 손을 올릴 수밖에 없었다.

“저기, 저는, 괜찮아요. 두 번 다시 가쓰노리 씨와 만나는 일도 없을 거고, 연락처도 지웠어요. 그리고 정말 몰라서, 아, 그러니까, 몰랐긴 했지만, 에리코 씨에게도 상처를 드리고, 폐를 끼쳤습니다. 정말 죄송합니다.”

“아뇨, 마오 씨가 사과할 일은 없어요.”

“뭐랄까, 하지만 가쓰노리 씨는.”

“나, 곧 아이를 데리러 가야 해요. 기왕 온 김에 천천히 쉬었다 가세요.”

그렇게 말하며 에리코 씨는 곁에 두었던 작은 가죽 가방을 집어들고는, 계산은 내가 할게요, 하고 미소 지으며 자리에서 일어섰다. 나는 아무 말도 못한 채, 당당하게 가게를 나서는 에리코 씨의 뒷모습만 멍하니 바라볼 뿐이었다. 그리고 그녀의 모습이 시야에서 완전히 사라졌을 즈음, 이곳에 도착하기 한 시간 전의 일을 천천히 떠올렸다.

◇

에리코 씨와 만나기로 한 시간보다 한 시간 먼저 도착한 나는, 역 앞에 있는 오래된 커피숍 2층 창가의 작은 의자에 앉아 시간을 때우고 있었다. SNS를 들여다볼 마음도 없었고, 사정을 아는 친구에게 연락할 마음도 들지 않았다. 맛은 중요하지 않은 커피를 홀짝이며, 그저 창밖에 로터리를 걸어가는 사람들을 멍하니 내다보고 있었다. 커피가 식어갈 즈음, 미용실에서 당당하게 걸어나오는 한 여성의 자세가 너무나 아름다워 눈을 떼지 못했다. 아, 그 사람이 에리코 씨였구나, 관엽식물이 풍성하게 놓인 오가닉 카페에 들어서는 그녀를 보고, 단번에 알아차렸다.

가쓰노리 씨가 예전부터 여자 문제가 많았을 리 없다는 건 알고 있다. 내게 마음을 전하는 것도 서툴고, 호텔 고르는 것도 어설프고, 분위기 좋은 바 하나 모르는 평범한 중년 남자였다. 내세울 만한 것도 없고, 늘 손해 보는 역할만 떠맡았고, 귀찮고 힘든 업무를 부탁받아도 불평 한마디 하지 못했다. 넉살 좋게 아부도 못 하고, 센스 있는 농담도 할 줄 몰랐다. 하지만 문득 내뱉는 맞장구는 따스했고, 감사받을 일도 없는데 늘 누군가의 실수 뒤처리를 도맡아 했다. 어딘가에 다녀왔다며 기념품으로 사온 과자가 맛있다고 하면 몇 번이고 그걸 간식으로 사오고, 그 셔츠 멋있네요, 하고 말하면 그 한마디에 얼굴을 붉히며 수줍어하던, 그런 가쓰노리 씨의 어설픈 면에 나는 끌려버리고 말았다.

그 증거처럼 나와 사귀자마자 바로 아내에게 들켜서, 그 사실도 내게 솔직하게 털어놓지 않았던가. 에리코 씨의 사진을 본 건, 가쓰노리 씨가 이혼하지 않았다는 걸 안 날이었다. 화장기 없는 얼굴에 헐렁한 티셔츠, 세미 롱 머리에는 희끗한 백발이 두드러졌지만, 쾌활하게 웃고 있는 에리코 씨는 역시 자세가 곧고 아름다웠다. 에리코는 이제 나에게 말도 걸지 않아, 장모와도 성격이 맞지 않아, 마오하고만 함께 있고 싶어, 하고, 처량하게 하소연하는 가쓰노리 씨의 말이 거짓이라고는 생각하지 않았지만, '몇 년 전에 이혼했어'라고 말한 전력도 있고, 그 거짓말은 금세 들통나버렸다. 아무 말도 하지 못했다. 내가 만나 사랑하게 된 가쓰노리 씨는 여러 얼굴 중 어느 모습이었는지 혼란스러워지자, 이윽고 지친 나는 생각하기를 포기했다.

가쓰노리 씨에게 더 이상 만나지 않겠다고 말했을 때, 그는 아이처럼 울었다. 손등으로 줄줄 흐르는 눈물을 닦아가며, 알아듣지 못할 말로 뭔가를 전하려고 소리 내어 울었다. 참 답이 없는 사람이라고 어이없어하면서도, 모른 척하기에는 너무 안쓰러웠다.

에리코도 이제는 내가 싫으면서, 내가 곁에 있기만 해도 짜증스러워하면서 그저 심술 부리는 것뿐인데, 하고 계속 눈물 흘리는 그를 바라보며 그렇다면 에리코 씨와 헤어지세요, 하고 말해볼까 잠시 생각했지만, 너무 한심해서 그만두었다. 눈앞의 평범한 중년 남성이 한결같이 나만을 생각해주는 건 분명 진실이었을 것이다. 그리고 그런 남성을 남편으로 둔 사람이 날마다 초조해하며 신경을 곤두세우는 것 역시 진실일지 모른다. 에리코 씨가 가쓰노리 씨는 이제 필요 없다고 말한다면, 나는 가쓰노리 씨에게 가기로 마음먹었다. 그 애처로운 중년 남성에게 달려가 이제 필요 없대요 하고 전해주고, 조금쯤은 짓궂은 마음으로 그를 꼭 안아주려고 했다. 그러나 에리코 씨는 끝내 가쓰노리 씨를 놓아주지 않았다.

에리코 씨가 나와 만나기 전에 미용실에 들른 건 단순한 우연이었을까. 왜 굳이 집에서 멀리 떨어진 이 역 근처 미용실에서 나온 걸까. 시종 여유로워 보였던 그 표정은 정말로 마음의 여유에서 나온 것이었을까. 하얀 봉투를 꺼내, 늘 있는 일이에요, 하고 미소 지으며 새빨간 거짓말을 한 이유는 또 무엇일까.

겉으로 봐서는 도무지 알 수 없다. 에리코 씨가 그를 놓아주지 않는 이유가 부디 하찮은 것이 아니길 바랄 뿐이다. 가쓰노리 씨가 진심으로 사랑받고, 마음이 편안해지는 안식처가 있다면 그걸로 충분하다. 나 같은 처지에 있는 사람이 이런 생각을 하는 것조차 허락되지 않을지도 모르지만 좋아하게 된 사람이 기혼자였다는 것은 흔한 일이다. 어쩌다 운 나쁘게 꽝을 뽑았을 뿐, 모든 걸 잊고 빨리 마음을 돌리는 것 말고는 방법이 없다는 것도 잘 알고 있다.

하지만, 에리코 씨가 그를 하찮게 대할 거라면 내가 갖고 싶
다. 그럴 거라면 내게 줘. 어디에서도 꺼내놓지 못할 말들이 속
에서 차올라, 지독하게 맛없는 루이보스티를 단숨에 들이키고
는 거칠게 입술을 닦았다.

"미안, 지쳤어"

군살, 그것은 흉하고 혐오스럽다.

자신의 의지가 얼마나 나약한지 드러내듯 게으름의 상징처럼 몸에 달라붙어 여성으로서의 가치를 무참히 빼앗아간다. 주름과 늘어진 피부 또한 끔찍하긴 마찬가지여서 손쉽게 우리의 아름다움을 녹여버리지만, 적어도 지방만큼은 의지로 다스려야 할 테다. 이 바닥에서는, 저항해야 할 것에 저항하지 못하게 된 이들부터 차례로 사라져 간다는 걸 깨달은 것은 언제부터였을까. 가볍게 발을 들여놓은 이곳에서는 미모 그 자체가 압도적인 권력이었고, 모든 것이 그 미모를 중심으로 빙글빙글 도는 세상임을, 명확한 경계선 없이 스며들듯 서서히 터득해갔다.

가진 것을 모조리 과시하면서도 늘 어딘가 만족하지 못한 듯 허기져 있는 남자들과, 아름다운 얼굴 앞에서는 숭배하듯 고개를 숙이는 여자들, 그리고 양쪽 다 아무것도 갖지 못한 추한 존재를 마주하면 조금의 숨김도 없이 철저하게 멸시한다. 특히 여성은 '아름답지 않다'는 단 하나의 이유만으로도 너무나 쉽게 멸시의 대상이 된다는 사실을 나는 몸으로 깨우쳤다. 그것이 바로 내가 살아가는 세계였다.

◇

"나는 아름답고, 강하고, 성공했어."

시상식 대기실에 놓인 전신 거울 속에 비친, 산뜻한 로열 블루가 돋보이는 베어 톱 머메이드 드레스를 입고 화려한 장신구를 귀와 목, 손가락에 장식한 내 모습을 보면서 그렇게 중얼거리자, 신기하게도 손끝에서부터 힘이 차오르는 듯한 느낌에 사로잡혔다.

군살이라곤 전혀 없는 하얗고 매끄럽고 가냘픈 팔과 다리는 동경의 대상이었고, 손안에 쏙 들어올 듯한 작은 얼굴, 오뚝한 콧날, 살짝 치켜 올라간 아몬드형의 큰 눈은 언제나 사람들을 황홀하게 했다. 이 압도적인 아름다움 덕분에 배우로서 선망의 시선과 찬사를 받아왔다는 사실을, 거울 속의 여자가 다시금

일깨워주었다.

그리고 오늘 밤 시상식에서, 다른 배우가 아닌 내가 최우수 여우주연상에 호명된다면 그 트로피는 이 세계에서 살아남기 위한 방패이자 창이 될 것이다. 이미 손에 넣은 이 아름다움 외에 그 명확한 무기까지 갖게 된다면 배우로서의 내 커리어가 단번에 확고해질 거라 생각하니, 잠시 상상하는 것만으로 흥분도 아니고 긴장도 아닌, 한 번도 맛본 적 없는 고양감에 온 신경이 지배당할 것만 같았다.

"사요코 씨, 긴장되세요?"

소속사에서 고용한 헤어·메이크업 담당의 키가 아담하고 젊은 여자가 내게 말을 걸었다. 그녀는 쳐다보는 것조차 불쾌할 만큼 뚱뚱하고, 작은 턱은 두 겹, 세 겹으로 접혀 아래로 축 늘어졌다. 손목은 과하게 부풀어오른 발효 빵처럼 불룩해서 언제 봐도 싸구려 과자 빵을 떠올리게 했다. 유행이라지만 어울리지도 않는 붉은 눈 밑 화장도, 상한 머릿결에 염색까지 얼룩덜룩 빠진 갈색 머리를 대충 묶어 올린 똥머리도, 원색만 마구 뒤섞인 촌스러운 옷차림도, 세련미라고는 조금도 없는 그 모습은 참으로 흉했다.

"으음, 긴장보다는 기대가 더 크달까. 걱정해줘서 고마워. 가토 씨가 늘 세심하게 신경 써주어서 큰 도움이 돼."

그렇게 말하며 내가 입술 끝을 살짝 들어 올리고, 눈꼬리를 부드럽게 내려 웃어 보이자, 그 못생긴 살덩어리는 수줍은 듯 미소를 지었다. 그러나 젊음을 가벼이 여기고, 여성으로서의 기쁨을 스스로 포기한 불결한 살덩어리가 아무리 미소를 지어 봤자, 누가 행복해지는 것도 아니고, 그 미소의 대가를 돌려받을 일도 없다. 그녀에게서 희미하게 풍기는 구찌 길티 향기, 아마 진짜가 아닌 싸구려 모조품이겠지만, 그 향은 되레 그녀라는 존재를 비웃는 듯했다.

"그러고 보니 사요코 씨, 뉴스 보셨어요? 메이미 씨, 아, 나오무라 메이미 씨가 결혼한대요."

헤어·메이크업을 위해 화장대에 앉자, 그녀는 빗을 쥔 싸구려 과자 빵 같은 손을 분주히 움직여 내 머리칼 끝을 매만지면서 말했다.

"어머, 메이미가? 그렇구나."

"사요코 씨, 몇 번 같이 공연하셨죠?"

"응, 귀엽고 착한 아이였지. 근데 아직 어린데."

"초저녁에 속보로 떴더라고요. 깜짝 놀랐어요. 그것도 이시이 준이치 씨랑."

"이시이 씨? 어머나, 그래?"

"의외죠. 이시이 씨는 미인이랑 사귈 줄 알았는데."

"그래? 그런 건 아냐. 메이미도 멋지지."

"네, 그렇긴 하지만, 이시이 씨는 스타일리스트 사이에서도 팬이 엄청 많거든요. 거의 폭동 일어날 수준이에요. 다들 완전 멘붕이거든요.”

그렇게 말하며 그녀는 고데기 줄을 목에 걸고, 내 머리칼 끝을 조금 집어올려 뜨거운 열로 다듬었다.

나오무라 메이미는 연극 무대 출신으로, 어리고 수수한 인상의 배우다. 물론 TV 드라마에서 주인공을 맡을 만한 배우는 아니고, 그렇다고 조연으로 옆에서 강렬한 개성을 뿜어낼 만큼 악역 타입도 아니다. 그저 작가와 감독들이 그녀의 바른 인품을 높이 사 일을 맡기는, 성실함이 눈에 띄는 사람이다. 그런 그녀가 준이치와 사귀다니, 누가 상상이나 했을까.

◇

준이치와 사귄 건 고작 1년 남짓이었다. 그는 모델 출신답게 키가 크고 슬림하며, 선이 가늘고 단정한 인상을 지닌 데다 누구에게나 친절하고 다정했다. 그래서 드라마 촬영 현장에서도 여성들에게 인기가 많았던 그가 호의를 보였을 때 그리 싫지 않았다. 나이 차이는 별로 나지 않았지만, 배우로서는 아직 경험이 적은 그에게 현장에서 배역 순위가 높은 선배인 내가 조금만 신경을 써줘도 금세 기뻐하는 모습이 귀여웠다. 그리고 그는 호로록 내게 빠져버렸다.

　사귀기 시작한 뒤에도 내가 보고 싶다고 하면, 다음 날 아무리 이른 시간에 일이 있어도 만나러 와주었다. 내가 가고 싶다고 한 곳에는 당연하다는 듯 함께 가주었고, 사요코 씨 옆에 있는 것만으로도 좋아, 라며 미소 지었다. 내가 좋아하는 머리 모양을 유지했고, 근육을 좀 더 키우라고 하면 바로 헬스장에 다녔다. 이해되지 않는 현장에서의 일이나 동료 배우들 이야기를 하면, 그는 언제나 난감한 듯 웃으면서 그러게, 힘들었겠네, 하고 조용히 대답했다.

　그래서였을까. 사귄 지 반년쯤 지났을 때부터 그가, 그런 말투는 별로 좋지 않은 것 같아, 하고 나를 타이르는 일이 늘어났을 때는 이유 없이 분노가 일었다. 왜 이해해주지 못하느냐, 네가 뭘 안다고 그러냐며 화를 내고, 그를 시험하는 말과 행동을 되풀이했다. 그리고 그가 결국 내 곁으로 돌아와 정중하게 사과할 때마다 묘하게 안도감을 느꼈다. 아니, 지금 생각하면 그게 안도감이었는지, 우월감이었는지 잘 모르겠다. 내 기분대로 해주던 사람이었기에 그렇지 않은 순간의 그를 용서할 수 없었다. 나라는 사람의 가치, 나와 교제하는 것의 가치를 항상 그가 말과 행동으로 느끼게 해주길 바랐다.

◇

"뭐가 무리야, 일단 앉는 게 어때."

"아니, 여기가 좋아. 미안, 이제 헤어지고 싶어."

"멋대로 말하지 말아줘, 자기가 먼저."

"미안."

"미안이 아니라. 뭐야? 무슨 뜻이야? 바람피웠어?"

"그런 게 아냐. 미안해, 정말로."

"뭐야? 말해. 데리러 오길 기다린 내 기분이 돼봐."

"응. 그래서 미안해."

"그게 아니라 제대로 말하라고, 안 그러면."

"미안. 사요코를 정말 좋아했지만, 난 이제 더 이상, 미안해, 지쳤어."

그렇게 말하며 힘없이 이마를 짚는 그의 손가락 사이로 보인 건 내 곁에서 행복하게 웃던 그가 아니라, 본 적도 없고 알지도 못하는 낯선 남자가 고뇌하는, 고통스러운 표정이었다.

"나가."

입에서 나온 목소리는 무서울 정도로 냉정하고 차분했다. 준이치는 크게 숨을 들이마신 뒤 몸을 돌려 거실 문을 열고, 곧장 현관으로 향했다.

"두 번 다시 얼굴 보이지 마. 다시는 보고 싶지 않아."

그가 내 말을 마음에 담아가길 바라는 마음으로 내뱉었지만, 끝이 뾰족한 칼날처럼 그의 등을 향해 날아간 말이 과연 제대로 닿았는지는 모호한 채, 조용히 현관문 닫히는 소리만 거실에 울렸다.

그 후로 준이치와 연락을 주고받는 일은 전혀 없었다. 함께 공연하는 일은커녕, 둘이 자주 갔던 가게에도 발길을 뚝 끊었다고 한다. 순했던 남자가 등을 돌린 걸 받아들이지 못해 집착하고 있다는 건 스스로도 알고 있었다. 하지만 아무리 논리적으로 따져봐도 감정은 좀처럼 가라앉지 않았다.

내가 더 아름다워지면, 그의 귀에 들어갈 만큼 화려한 활약을 하면 그가 다시 나의 존재를 의식해줄 테고, 준이치는 다시 돌아올 거라고 그렇게 생각했다. 그러면 우리는 분명 다시 잘 지낼 거라고 믿었는데, 현실은 전혀 아름답지도 않고, 화려한 활약 따위 없는, 평범한 여자와 결혼한다고 한다. 나보다, 그녀가 낫다고, 그는, 그렇게 판단했다고, 라고, 한다.

◇

"와, 사요코 씨, 대박 예뻐요."
어느새 업스타일을 하고, 화장까지 마친 내 모습이 거울에 비쳤다. 숨이 멎을 만큼 아름다워서, 나조차 잠시 숨을 삼켰다. 스타일리스트의 감탄을 신호로, 주위에 있던 다른 스타일리스트와 매니저들에게서도 탄식 같은 칭찬의 소리가 쏟아졌다.

"이렇게 예쁘면 정말 무적이겠어요. 다시 태어나면 사요코 씨로 태어나고 싶어요."

살이 통통하게 오른 광대를 씰룩이며 과자 빵 같은 여자가 발랄하게 말한 순간, 허벅지 뿌리 쪽, 위장보다도 더 깊은 곳에서 알 수 없는 거부감이 세차게 치밀어 오르며, 온몸이 순식간에 확 달아오르는 게 느껴졌다. 마치 대량의 작은 개미가 온몸을 마구 기어다니는 듯한 역겨움에 그것들이 멋대로 사지를 지배하며 돌아다니지 않도록 이를 악물고 코로 호흡하려 했지만, 이번엔 콧구멍으로 작은 개미들이 거세게 빨려 들어가는 것 같은 느낌에 반사적으로 숨을 멈출 수밖에 없었다. 순식간에 목언저리가 새빨갛게 달아오르며 조여 오는 듯 답답해졌고, 손가락은 가늘게 떨렸다. 굵은 다이아몬드가 박힌 반지가 빛나는 손이 시야에 들어왔지만, 개미가 기어가는 그 보석은 나를 안정시키기는커녕 정체 모를 혐오감과 허무감과 증오를 안겨줄 뿐이었다.

"사요코 씨? 긴장하지 말고 평소처럼 릴렉스, 릴렉스."

개미들은 내 손끝에서부터 이것저것을 타고 과자 빵 같은 여자에게도 옮겨가서 기어다녔지만, 아무리 무리지어 달려들어도 그녀를 뒤덮는 일은 없었다. 개미 떼가 입속으로 흘러들어 갈 정도였는데도, 그녀는 전혀 개의치 않은 채 못생긴 입술을 쩝쩝거리며 삼켰다.

"응, 고마워."

살며시 미소 지으며 중얼거리는, 거울 속 짙은 화장의 여자는 몸을 움직일 때마다 목과 귀에 걸린 보석이 흔들리며 빛을 받아, 더욱 아름답고 검게 반짝였다. 즐기고 올게, 하고 활짝 웃는 여자의 태도는 토할 만큼 조잡한 연기였다.

"종이 빨대는 누구를 위해
존재하는 걸까"

"그래서 이 가방 받고 용서하기로 했어."

마이미는 자랑스러운 것도, 그렇다고 우울한 기색도 없이, 그저 담담하게 파란 원피스 아래 가냘픈 무릎에 놓인 작은 천 가방의 큐브 모양 손잡이를 가볍게 쥐며 말했다.

"어머, 그래서 셀린느를 사준 거야? 안자이 씨도 그런 면은 착하네."

이치카가 넓고 화려한 접시에 소량 담긴 드레스 오므라이스를 신중히 흩트리면서 말했다. 입가에는 예전엔 눈에 띄지 않던 기미가 생겼고, 턱 주변의 피부는 살 무게를 버티지 못하겠다는 듯이 조금 처져 있었다.

"착했으면 바람을 피웠겠어? 결혼하고 벌써 몇 번째야, 그 인간 바람피운 게. 그때마다 코트나 가방 하나 사주면 다 끝난다고 생각한다니까, 정말 역겨워.”

까맣고 윤기 나는 긴 머리칼을 귀에 걸면서, 마이미는 카페라테 잔에 꽂힌 빨대까지 얼굴을 가까이 가져가, 도톰한 입술로 그 끝을 살짝 물었다. 시선을 내리뜨니, 어색하게 말린 눈썹 컬과 인조 속눈썹이 도드라져 보였다.

“그런가. 가방까지 사줬다는 건 마이미를 무척 사랑한다는 뜻 아닐까. 모모도 그렇게 생각하지 않아?”

“근데 종이 빨대는 누구를 위해 존재하는 걸까.”

이치카가 내 쪽을 보며 물어서 내가 뭐라고 대답도 하기 전에 마이미가 카페라테를 한 모금 마시고 미간을 찌푸렸다. 그러고는 동의를 구하듯 나와 이치카의 얼굴을 번갈아 바라보았다. 문득 내 손에 들린 잔을 내려다보니, 마이미의 잔에 꽂힌 것과 똑같은 종이 빨대가 아이스커피 안에 꼿꼿하게 꽂혀 있었다.

“맛있는 음료도 맛없어지잖아, 이거.”

“맞아, 뒷맛이 좀 이상해.”

마이미의 말에 이치카가 과장스럽게 혀를 내밀며 동조했다. 나는 시험 삼아 오른손으로 잔을 들고, 왼손으로 빨대를 살짝 잡고 입에 대보았다. 잔 바닥에 남은 아이스커피가 까슬한 질감의 종이 틈을 지나 입술에 닿았다. 확실히 종이 맛이 섞여 있었고, 혀끝에 닿는 감촉도 좋지 않아 입안에 은근한 불쾌감이 남았다. 다 마신 뒤에도 얇은 종이상자를 입에 넣은 듯한 느낌이 좀처럼 가시지 않았다.

"정말 그러네. 그래도 이게 환경에는 좋잖아?"

"아무리 환경에 좋아도 말이지."

마이미는 내 말을 바로 받아치며, 손에 쥔 종이 빨대를 시큰둥한 얼굴로 잔 속에서 빙글빙글 돌렸다.

◇

"마이미는 참 좋겠다. 부럽네."

카페를 나와 셋이 나란히 지하철을 타고 가다가, 가스미가 세키역에서 마이미는 먼저 내렸다. 이치카와 함께 그 뒷모습을 바라보며 나도 모르게 중얼거렸다.

"그러게. 남편 돈도 잘 벌고, 어쨌든 마이미한테 다정하잖아."

전철 문이 닫히고 천천히 움직이기 시작했을 때, 개찰구 쪽으로 가느라 계단을 오르는 마이미 모습이 잠시 창에 스쳤다. 마이미가 손에 든 가방은 지하철 배경 속에서도 유난히 도드라졌다. 마이미는 어떤 기분으로 집을 나서기 전 그 가방을 집어들었을까. 왜 우리와 점심을 먹는 자리에 굳이 그 가방을 들고 왔을까. 그 생각이 채 끝나기도 전에 전철은 터널로 들어갔고,

창밖은 금세 검게 변했다. 조금 전까지 가스미가세키역 플랫폼이 보이던 창에는 이제 나와 이치카가 어깨를 나란히 하고 앉아 있는 모습이 비쳤다.

"뭐, 그렇지만 너희 남편도 착하잖아. 자상하고, 성실하고."

"응, 뭐."

"응, 뭐? 사이 안 좋은 거야?"

"아냐, 그런 건 아니고."

"그래, 그럴 리가 없지."

이치카가 깔깔 웃는 모습이 정면 창에 반사되었다. 그 옆에는 희미하게 웃고 있는 내가 있다. 창에 비친 두 사람은 나름대로 차려입고, 화장하고, 드라이도 하고, 젊게 보이려고 안간힘을 쓴 아줌마들, 그 자체였다.

◇

"엄청 피곤하네. 고바야시가 의외로 술버릇이 좋지 않아서 말이야."

약간 불콰해진 얼굴로 돌아온 신야는 슈트 재킷을 소파 등받이에 걸쳐놓고, 넥타이를 느슨하게 풀며 피곤하다는 듯 말했다.

"고바야시 씨? 뜻밖이네. 똑 부러져 보이는데."

"그러게, 여자 후배한테 이상하게 들이대고 말이야. 둘 다 달래느라 애먹었네."

"그랬구나. 그래도 잘 끝냈어?"

"둘 다 억지로 택시에 태워 보내고 끝. 그 녀석들, 내일 되면 엄청 민망해하겠지? 어이, 욕조 물 받았어?"

"아니, 안 받았어. 언제 올지 몰라서."

"아, 그렇구나. 오기 전에 연락했는데 안 되더라고."

"오늘 나, 오전에 병원 다녀왔어."

"그랬구나. 어땠어?"

"어땠다니?"

"응? 아, 미안, 전화."

그렇게 말하고 신야는 스마트폰을 들고 침실로 들어갔다. 방문 너머로, 술 마시는 건 좋지만 주위 사람들을 불편하게 만든 건 잘못이라는 얘기를 하는 신야의 목소리가 들려왔다. 언제나처럼 내가 치울 때까지 소파에 방치돼 있을 신야의 재킷을 보며, 이게 정말 누구 옷인가 싶은 기분이 들었다. 그 생각을 떨치듯이 나는 재킷을 홱 집어들었다.

◇

“쓰레기 내놨어.”

아침에 일어나 거실로 나오니, 이미 와이셔츠를 입고 셔츠 단추를 채운 신야가 주방에 서서 커피를 마시며 그렇게 말했다. 텔레비전에서는 왁자지껄한 정보 프로그램이 흘러나오고, 출연자들이 뭔가를 먹으며 맛이 어떻다, 식감이 어떻다 떠들어 대고 있었다. 거실에는 아직 버터 향이 은은하게 남았다.

“아, 재활용? 모였더랬어?”

“어? 아니, 모인 건 아니지만.”

“그렇지.”

“이봐.”

신야는 오른손에 들고 있던 머그잔을 싱크대 옆에 탁 소리를 내며 거칠게 내려놓았다.

“기껏 쓰레기 버리고 왔는데, 재활용이 쌓였네 어쩌네 하기 전에 먼저 고맙다는 말부터 해야 하는 거 아니야?”

그러고 내 얼굴을 한참 바라보다, 하아, 하고 크게 한숨을 쉬더니 “다녀올게”라는 말만 남기고 당연하다는 듯 재킷을 걸치고 집을 나갔다. 나는 하마터면 “미안해”라고 할 뻔한 입을 꾹 다물고 주방으로 향했다. 쓰고 그대로 놔둔 버터나이프가 이쪽을 물끄러미 보고 있었다.

◇

점원에게 건네받은 플라스틱 컵에는 그 종이 빨대가 꽂혀 있었다.

병원 진료 시간까지 조금 여유가 있어 들른 익숙한 저가 체인 커피점이었지만, 이곳도 침식되어 있었다. '침식'이라는 단어가 극히 자연스럽게 떠오른 건 왜일까. 몹시 당당한 자세로 컵에 꽂혀 있는 그것을 바라보며, 네가 나쁜 건 아닌데, 오히려 어떻게 보면 좋은 것인데, 하고 생각했다. 빨대 끝에 입술을 대자 역시나 까슬한 감촉이 퍼지며, 컵 안의 카페모카 단맛에 불필요한 종이 섬유 특유의 맛이 섞였다. 나의 불쾌감 따위 안중에도 없다는 듯 정의의 옷을 입고 당당히 꽂혀 있는 그것을 보고 있으니, 이것을 싫다고 생각하는 내가 잘못된 거란 느낌이 들었다. 뭔가 각오를 새로이 하고 다시 한번 빨대 끝에 입술을 댔다.

◇

아무도 없는 넓은 거실에서 몇 번이고 크게 심호흡했다. 소파에 신야가 앉아 있는 모습, 복도에서 막 침실로 들어가는 뒷

모습, 거실에서 식사를 마친 뒤 언제나처럼 그릇을 싱크대로 들고 가는 그 순간, 집에서 수없이 보아온 신야의 다양한 모습을 떠올리며 연습했다.

신야, 할 얘기가 있는데. 이 목소리 톤은 너무 어두울까.

신야, 얘기 좀 해도 될까. 이건 내가 너무 저자세인가.

신야, 부탁이 있는데. 이런 말투는 역린을 건드릴 거라는 걸 알고 있다.

신야, 하고 부를 때 나는 언제나 그를 사랑했다. 5년 전, 신야가 작은 회사에서 사무를 보던 내게 친절하게 말을 걸어왔을 때는 '미쓰바 상사의 영업부 분'이라고 불렀다. 그리고 여럿이 식사할 때는 '다니구치 씨'가 되고, 둘이 만나게 된 뒤로는 '신야 씨'가 되고, 그를 좋아하게 된 뒤로 줄곧, 오랜 세월 동안 나는 그를 '신야'라고 불렀다. 그를 '신야'라고 부르는 나는 언제나 그를 사랑했는데, 이곳에 없는 그를 상상하면서 신야, 라고 부르는 연습을 하는 나는 이제 그를 사랑하지 않고 있다.

마이미가 부러웠던 건 비싼 가방을 받아서가 아니다. 이혼할 만한 이유가 수도 없이 많아 보여서다. 차라리 신야가 바람이라도 피운다면 간단할 텐데. 하지만 신야는 절대 그런 짓을 하지 않는다. 폭력을 쓰지도 않고, 폭언이라 부를 만한 말을 내뱉지도 않는다. 빚을 진 적도 없고, 무직이었던 적도 없다. 대기업에 다니며 승진도 잘하고 있다. 싹싹하고 사교적인 성격이라

술자리에 불려가는 일도 많지만, 마지막 전철을 타고서라도 돌아오고, 아침엔 쓰레기도 내다버리며, 먹은 그릇은 반드시 싱크대에 가져다놓는다.

그런데 언제부터인가, 까슬까슬한 느낌이 남았다. 문득 던지는 말이나 행동에서 나를 깔본다고 느낄 때가 많아졌다. 내가 너무 배부른 걸까, 이기적인 걸까, 아니면 오만해진 걸까. 그렇게 혼자 묻고 또 묻는 사이, 헤어질 만한 명분이라도 있다면 훨씬 편할 텐데 하는 생각까지 들게 되었다. 나에겐 그와 헤어질 명분이 없었다. 이 위화감을 어떻게 말로 설명해야 할지 모른 채, 결혼 3년이 돼가는 지금, 나는 이 까슬까슬한 불쾌감을 더는 견딜 수 없게 되었다.

현관문 바깥에서 열쇠 꽂히는 소리가 들리는 순간, 내 심장도 쿡 하고 찔리는 느낌이었다. 손잡이는 약간 거칠게 돌아갔고, 이윽고 열린 문 틈으로 언제나처럼 슈트를 입은 신야의 몸이 보였다. 현관에 채 들어서기도 전에 "다녀왔어." 하고 말하는 그에게 나는 신야, 하고 불렀다.

◇

"잠깐, 대체 무슨 소린지 모르겠네."

신야는 초조함을 감추지 못하고 볼펜 끝으로 테이블을 몇 초간 두드렸다. 거실 가득한 공기는 마시면 안 될 연기처럼, 들이쉴수록 정신이 아득해지는 기분이 들었다. 그래도 하루 이틀 준비한 게 아니었다. 벌써 1년 가까이, 매일 혼자 남은 이 공간에서 줄곧 연습하던 일이었다.

"몰라도 되니까 찍어주면 돼."

"아니, 당신 왜 그래? 이게 말이 돼? 제대로 설명 좀 해."

"설명?"

"당연하지. 헤어지고 싶다면서 아까부터 그 말만 되풀이하잖아. 내가 뭘 잘못했는지 잘못한 게 있다면, 그걸 제대로 설명해줘야지. 그래야 같이 해결할 수 있을 거 아냐."

"잘못이라거나, 그런 문제가 아냐."

"그럼, 뭔데."

"뭐라기보다……."

"말을 안 하면 모르잖아. 모모코는 항상 그래. 내가 늘 먼저 짐작해서 맞춰온 거 알아?"

"병원."

"뭐?"

"병원 다녔었어. 아무 문제 없었어, 내 쪽은."

"잠깐, 지금 그 말은, 나 때문에 아이가 안 생긴다고 말하고 싶은 거야?"

“그게 아니라.”

“그럼, 뭐야.”

“먼저 단정 지은 게 누구야.”

“뭐가.”

“아이가 생기지 않는 원인이 내게 있다고 먼저 단정 지은 건 당신이지. 같이 병원에 가볼 생각조차 안 한 사람이 누군데? 왜 나만 이 고통을 감당해야 해.”

숨을 들이쉴 때마다 그 연기가 폐 언저리에 달라붙어 점점 무겁게 내려앉는 것 같았다. 제대로 숨을 쉴 수 없고, 말을 꺼내려고 하니 마음과는 달리 눈물이 터져나올 것 같았다. 다시 급히 숨을 들이마시고, 공기가 어깨까지 번지도록 천천히 삼켰다.

“이봐, 당신 말이야. 불만이 있으면 말을 해. 갑자기 헤어지자고 할 게 아니라, 그때그때 말해주지 않으면 내가 어떻게 알아.”

“나는 말하려고 했어.”

“말하려고 했을 뿐 하지 않았잖아. 그럼 내가 모르잖아.”

“들으려고 하지 않았어.”

“모모. 말하려고 했다, 들으려고 하지 않았다, 하는 싸움 무모하지 않아? 일단 얘기 들을 테니까 그 종이는 버려.”

그렇게 말하는 신야 너머에는 어제와도 그제와도 일 년 전과도 다름없는 모습으로 소파 등받이에 재킷이 걸쳐져 있었다.

“버리지, 않을 거야.”

“적당히 좀 해. 우리는 결혼했다고. 그 의미 알아? 책임이 서
로에게 있다고.”

“그런 식으로 말하지 마.”

내 말에 신야는 혀를 차더니 눈을 감고 크게 한숨을 내쉬었
다. 그는 늘 옳다. 언제나 그의 말이 맞다. 어쩌면 이번에도 내
가 잘못한 걸지 모른다. 아니, 그는 늘 나로 하여금 그렇게 생각
하게 만든다. 하지만 이제 그런 건 아무래도 상관없다. 내가 정
말 큰 실수를 저질렀다 해도, 그와 헤어질 수 있다면 그건 분명
옳은 선택일 것이다.

“이봐, 모모. 지금 우리 둘 다 감정적이야. 나도 갑자기 이런
말을 들으니 당황스러워. 좀 냉정하게, 제대로 얘기해보자. 모
모가 당장 나랑 헤어지고 싶다면 한동안 친정에 가 있어도 되
고, 많이 지쳤으면 푹 쉬어.”

“내가.”

“응?”

“내가 쉬어? 내가 병원에 가고. 내가 쉬고. 쓰레기는 나만 버
린 거야? 재킷은 신야의 것인데 왜 내가 맨날 치워? 신야는? 나
만, 언제나 틀렸고, 신야는 어디에 있어?”

“어디라니.”

“어디.”

“모모, 말이야.”

"헤어져주세요."

머리를 숙인 내가 옳은지는 모르겠다. 지금 눈앞에 보이는, 이 테이블 위에 억지로 끌려온 듯 놓여 있는 이 종잇조각이 과연 나를 위한 것이 될지 어떨지 모른다. 유치하고, 인내심 없고, 끈기 없는 내게 문제가 있는지도 모른다. 여러 가지가 불확실했다. 하지만 언제나 자기만 옳다는 그의 곁에, 더는 있을 수 없다는 마음만은 확실했다. 문득 뇌리에 떠오른 마이미와 이치카, 아마 그 애들은 나를 나무라겠지, 막연히 그런 생각이 들었다.

"오노"

"아무래도 상관없는 사람이었다면, 내가 이런 데 데려오지도 않았어."

결이 좋은 앞머리를 쓸어올리며 몸을 내 쪽으로 돌린 오노가 그렇게 말했다. 나도 모르게 웃음이 새어나왔다.

"지금 그 표정, 잘난 척하는 거야?"

"오, 아냐, 그런 건 아니지만."

오노는 그렇게 말하며 웃더니, 막 나온 세 번째 맥주 잔을 들어 입으로 가져갔다. 아담한 일본 요릿집 카운터에는 나와 오노 외에, 마흔 살쯤 되어 보이는 남자가 가장자리에 앉아 혼자 소주를 마시고 있었다. 실내에는 어디선가 들어본 듯한 가요가 느린 박자의 고토(일본 전통 현악기—옮긴이) 연주로 흘러나왔다.

"이거 니시노 카나의 '보고 싶어'지?"

내가 그렇게 묻자, 오노는 "뭐가?" 하고 되물었다.

"지금 나오는 노래 말이야."

"어, 이런 느낌이었나? HY(오키나와 출신의 혼성 밴드―옮긴이)
아냐?"

"아, 알겠다. 보고 싶다는 가사 많이 나오는 가토 미리야 노
래네."

"그래? 나 모르는 노래 같네."

"어째서 가토 미리야의 노래를 고토로 연주하고 싶어진 걸
까."

"이거 고토야? 샤미센 아니고?"

"나한테 묻지 마."

그렇게 웃으며 오노는 자기 쪽에 놓인 모둠회 접시를 내 쪽
으로 슬쩍 밀었다. 그 손목에는 처음 보는 디자인의 오리엔트
시계가 채워져 있었다.

"그거, 시계 문자판이 속까지 다 보이네."

"아, 이거? 너무 시크하지 않고 좋더라. 흔하지도 않고, 괜히
잘난 척하는 느낌도 없고. 네 시계도 괜찮네."

그 말에 무심코 왼손을 내려다봤다. 손목에는 가느다란 검
은 가죽줄의 저렴한 시계가 채워져 있었다. 오랜만에 자세히
들여다보니 유리에는 짧은 흠집 하나가 사선으로 나 있었다.
나는 속으로 '아' 하고 짧게 중얼거렸다.

"나도 여자 친구 만들까나."

초반부터 태연한 얼굴로 튀김 덮밥을 주문한 오노는 끝이 유난히 가는 젓가락으로 흰밥에 올려진 튀김을 능숙하게 툭툭 쪼개며 말했다.

내 바로 옆에서 덮밥에 시선을 고정하고 있는 그의 콧등은 오뚝하고, 새까만 파마머리를 귀에 넘길 때마다 왼쪽 귀에 박힌 여러 개의 피어싱이 어두운 조명 속에서 반짝였다. 그는 그 빛도, 내 시선도 눈치채지 못한 채, 눈동자가 인상적인 동그란 눈을 내리뜨고 튀김을 열심히 쪼개었다.

"괜찮은 애 없냐?"

"없는 건 아니지만."

안색 하나 바뀌지 않고 오노는 그렇게 말했다. 어째서 이렇게도 하찮고 뻔한 거짓말이라는 게 생생히 전해지는 걸까. 그의 일거수일투족은 모든 것이 내 마음을 끌기 위한 것이라는 것쯤, 내가 아니어도 누구나 알 수 있을 텐데, 그는 아무것도 모르는 얼굴로, 모든 것을 완벽하게 숨겼다는 태도로 담담히 그렇게 말했다. 그 모습은 무척 귀엽고, 그러면서 때때로 안쓰럽게 느껴졌다.

언제부터더라. 오노는 상당히 오래전부터 나를 좋아해왔다. 그리고 이것이 터무니없는 착각이 아니라면 지금도 여전히 나를 좋아하는 것 같다. 이유는 알 수 없지만, 그가 나를 좋아한다는 사실은 미안할 정도로 알기 쉬웠다.

나는 그가 가진 호감을 너무나 잘 알고 있으면서 그 마음에 답하는 일은 교묘하게 피했다. 기분이 처져서 누군가의 다정함이 간절할 때, 그게 누구든 상관없을 때, 늘 그 자리에 오노가 스며들듯 나타났다. 그러면 나는 온몸을 맡기듯 오노에게 기대곤 했다. 그는 그런 내 애매한 태도까지 아무렇지 않게 받아주었다. 받아줄 생각도 없으면서 그의 호의에 매달리고, 기대고, 때로는 차갑게 밀어내면서도, 그럼에도 곁을 떠나지 않는 이 순진한 사람에게 여전히 다정함을 원했다.

"그렇게 싸우기만 하는 남친, 뭐가 좋아."

"몰라."

"헤어지지?"

"음."

"아, 이거 또 못 헤어지는구나."

오노는 일부러 심술궂은 미소를 지으며 그렇게 말하고는 담배에 불을 붙였다.

"싫어지지 않냐? 남친?"

"싫어."

"거짓말."

"어째서."

"이해가 안 돼."

"뭐가."

"너, 사랑받는 느낌이 하나도 안 들어."

"응, 맞아."

"진짜로 말이야. 보통은 여자 친구가 힘들 때 그렇게 차갑게 밀어내지 않아. 귀찮아도 옆에 있어주려고 하지. 지금 네가 얼마나 버거운 시기인지 알고 있다면 말이야. 남자라면 그 정도 센스는 있어야지. 이를테면 여자 친구가 생리 중일 때, 남자는 다정하게 대하는 게 보통이야. 힘드니까, 우리는 알 수 없는 고통을 겪고 있으니까. 엿 같은 화풀이를 당해서 빡쳐도 '생리 중이니 어쩔 수 없지' 하고 참고 넘어가. 그런데 왜 그 녀석은 생리뿐 아니라 더 힘든 일까지 겹쳐서 여유 없는 너한테 그런 대우를 하는 거야? 힘들 때라 여유가 없구나, 하고 생각하는 게 정상 아닌가. 도대체 왜 그러는 거야?"

"몰라."

"자기 생각밖에 안 하잖아. 그게 스물아홉 먹은 남자가 할 짓이냐고."

"아니, 근데 나도 잘못했어. 힘든 일이 겹치니까 정신이 하나도 없어서 그 사람한테 신경 쓰지 못했고, 차분하게 얘기를 나눌 여유도 없었어."

"괜찮아. 네 잘못 아냐. 너 원래 그런 성격이잖아. 굳이 신경 안 써도 돼. 지금 생리 중인데 어쩔 수 없지."

"생리는 아니지만."

"그만큼, 아니 그 이상으로 힘들어서 이렇게 된걸, 이해하는 게 보통 남자들이거든. 그걸 그 녀석도 잘 아니까 더 나쁜 거야. 진심으로 널 아껴주는 게 아니란 얘기지."

"같은 말 몇 번이나 하지 말라고."

"어쩌다 그런 놈을 만나서."

"그만해."

"나 같으면."

"됐다고."

어느새 반으로 자른 튀김이 내 앞에 놓여 있었다. 오노는 참 자상하다. 언제나 큰 쪽을 내게 건넨다. 하지만, 내 남자 친구는 내게 어느 정도 먹을지 물어본 뒤에 나눠준다.

오노를 좋아해보려 한 적은 몇 번 있었다. 지금의 남자 친구와 잘 풀리지 않을 때도, 전 남자 친구와 순조롭지 않을 때도, 오노 같은 사람을 좋아하게 된다면, 사랑이나 연애라는 게 얼마나 단순하고 명쾌하고 순탄할까, 하고 시도해본 적이 있다.

그러나 오노를 공연히 기대하게 만들었다가 마지막에는 밀쳐내고 도망치곤 했다.

사치코는 늘, 너는 오노랑 사귀는 편이 낫다고 하고, 유미 씨는 오노와 술 마시는 자리에 꼭 나를 부르려고 연락했다. 그리고 보니 하시모토는 약간 화를 내며, 오노는 멋있고 인기가 없는 것도 아니어서 네가 여지를 주는 태도를 보이지 않으면 좋은 여자 친구가 생길 것이라고 단호하게 말한 적도 있다.

옆에 있는 오노를 좋아해보고 싶다고 생각하는 건, 교만한 걸까. 남자 친구와 사이가 틀어질 때만 오노의 마음과 존재를 빌려 쓰는 나를, 그는 왜 알면서도 여전히 다정하게 대하는 걸까. 그리고 그렇게 늘 오노와 남자 친구를 비교하는 내 못된 습관은 언젠가 누군가의 날카로운 심판을 받는 날이 올까.

"미안, 말이 지나쳤어."

"으으응."

"울지 마."

"안 울어."

"자, 닦아."

그렇게 말하고 오노는 자기 물수건으로 내 얼굴을 닦아주었다. 오노는 착하다. 하지만 말이야, 오노, 그 물수건은 얼굴을 닦는 게 아냐. 내 남자 친구는 내가 울면 점원에게 휴지를 얻어서 나를 위해 몇 장 꺼내주는데, 그런 생각을 또 문득 하고 말왔다.

"왜 웃어?"

"으으응, 아무것도 아냐."

"여자들은 너무 정서불안한 생물이야."

오노, 그런 말투는 반감을 살 수 있어, 오노.

"오노, 그런 말투는 반감을 살 수 있어."

"응? 뭐가."

"여자가 어쩌고 하는, 좀 비하하는 말."

"앗, 그래? 미안. 그런 생각은 아니었는데. 기분 상했어?"

그리고 한 번 더 미안하다고 말한 뒤, 오노는 곧바로 '나 이 거 먹어도 돼?' 하고 물었다. 내가 대답하기도 전에 가지튀김 한 개를 능숙한 젓가락질로 깔끔하게 집어올렸다.

툭, 하는 소리가 났다. 마치 큰 나무에서 가지가 꺾여 땅에 떨어지는 그 순간처럼, 조용하지만 떨어졌다는 건 분명히 알 수 있는 그런 '툭' 소리였다. 오노는 내 불만 따위 대수롭지 않 다는 듯, 발밑에 떨어진 휴지를 집어 쓰레기통에 넣듯이 가볍 게 처리했다. 그건, 내가 가진 불만이 실밥 한 올처럼 보잘것없 는 거였다는 걸, 그래서 그 정도의 반응이면 족하다는 걸, '툭' 하고 끊어지는 소리에 문득 깨달았다. 그 순간, 오노의 왼쪽 귀 에 꽂힌 피어스의 빛이 반사되어 사방으로 흩어져, 내 앞에 놓 인 반쯤 남은 튀김 덮밥까지 빛났다.

"오노."

"뭐."

"이거 마시면 갈까?"

"어, 잠깐. 기분 상한 거야?"

"아니, 전혀. 왠지 즐거워."

"그렇지만 아직 울고 있잖아."

"아냐, 이건 뭐랄까, 아까 남은 것."

"우라다는 정말로 남친 좋아하는구나."

"오노가 나를 좋아하잖아."

"앗, 세다."

그렇게 말하고 오노는 웃으며 남은 맥주를 마저 마셨다. 좀 전까지 옆에 있던 오노와는 다른 오노가, 좀 전까지 옆에 있던 오노와 완전 똑같은 동작으로 구불거리는 머리칼을 쓸어올렸다.

"역까지 데려다줄까?"

오노, 그런 게 아냐.

"오노, 그런 게 아냐."

"뭐가?"

오노, 가지 말라고 말해봐.

"오노, 말해본 적 있어?"

"응?"

"가지 마, 라고."

"어, 기무라 타쿠야처럼?"

오노, 핀트가 엇나갔어, 오노.

"오노, 핀트가 엇나갔어, 오노."

"뭐가?"

"오노."

"영문을 모르겠네, 왜?"

"왠지 오늘 2차 가고 싶다."

"옹? 옹."

오노, 옹, 이 아니라고, 오노.

"오노."

"몇 번이나 부르는 거야."

"경멸하지 않길 바라는데."

"응."

"이대로 나를, 열심히 꼬셔보지 않을래?"

"헐, 오글거려, 그게 뭐야."

"하아."

"아니, 나, 너를 꼬시지 않은 적 한 번도 없는데."

"오노."

오노.

"오노."

"그만 불러. 왜?"

“오노의 냄새, 이런 거였나.”

“웅? 웅.”

웅이 아냐, 오노, 라고 생각한 다음 순간, 왼쪽 옆 의자에 놓아둔 가방에서 스마트폰이 진동하는 게 느껴졌다. 나는 남자 친구에게 받은 손목시계를 찬 왼손으로, 남자 친구 이름이 뜬 스마트폰을 슬쩍 잡고 한동안 화면을 바라보았다.

“아, 이거.”

오노가 갑자기 소리를 내는 바람에, 화면에서 시선을 떼고 그의 옆얼굴을 바라보니, 그는 진지한 표정으로 천장 쪽을 가리키며 “X JAPAN의 ‘구레나이’다.” 하고 중얼거렸다. 나는 잠시 귀를 기울였다가 “X JAPAN의 매력도, 고토의 매력도 살아 있지 않은 것 같은데.” 하고 말했다. 오노는 “샤미센이라니까.” 하고 웃었다. 그 순간에는 이미, 오노가 오노가 아니게 된 듯한, 느낌이, 들었다.

"저기, 언젠가 하와이 가자."

옆에 앉은 다이치 씨가, 카운터 안에서 장인이 능숙한 손놀림으로 생선 뜨는 모습을 멍하니 바라보다가 말했다.

"뭐 하러?"

"뭐 하러라니. 느긋하게 즐길 수 있으니까지."

"시즈오카에서도 충분히 가능해."

내가 그렇게 말하자, 다이치는 가늘어진 눈으로 장인이 눈앞 카운터에 내놓은 코하다(전갱이류 치어—옮긴이)를 익숙한 손놀림으로 집어 입에 가득 넣고는 "도쿄에서 히가시이즈 가는 거나 도쿄에서 괌 가는 거나 이동 시간 거의 비슷한데." 하고 웃으며 말했다.

"그럼, 그거 하와이가 아니라 괌 아냐?"

“하와이나 괌이나 마찬가지 아냐?”

“뭐래, 달라. 전혀. 음, 하지만 뭐 마찬가지일지도.”

“음료는 어떻게 하시겠습니까?”

품위 있는 흰 셔츠를 입은 여성 점원이 등 뒤에서 말을 걸어 왔을 때야 우리는 샴페인 병이 비었다는 걸 깨달았다.

“아, 벌써 다 마셨네.”

다이치 씨가 난감한 듯 웃었고, 나도 따라 웃었다.

“샴페인 한 병 더 마실까?”

“아니, 난 사케로 할까 해.”

“아, 좋네. 그럼 나도.”

그렇게 말하며 다이치 씨는 탄 갈색 가죽 커버를 씌운, 얇고 길쭉한 세로형 메뉴판을 펼쳐 사케 이름들을 훑어보았다. 눈앞의 은빛 아이스 버킷 속에는 텅 빈 샴페인 병이 힘없이 비스듬히 누워 있었고, 병목에는 ‘10th wedding anniversary’라고 새겨진 금빛 메달리온이 걸려 있었다.

◇

　다이치 씨와 처음 만난 순간부터, 이 사람과는 분명히 무슨 일이 생길 거라는 근거 없는 예감에 사로잡혔다.

오쿠다마의 한 캠핑장에 학생 시절 친구들이 가족 동반으로 모여 커다란 바비큐 세트를 둘러쌌던 8월의 오봉(조상의 혼을 맞이하며 성묘하는 명절—옮긴이) 연휴, 다이치 씨는 마른 체형에 흰색 반소매 셔츠와 옅은 청바지를 세련되게 입고, 목장갑을 낀 손으로 바비큐 그릴을 분주히 만지고 있었다. 나는 예정보다 조금 늦게 도착한 터라 이미 어느 정도 요리가 완성되어 있었다. 도착하자마자 친구들이 권하는 대로 갓 구운 고기와 채소를 그저 열심히 먹기만 했다. 다이치 씨는 사진으로 본 적은 있지만, 그 사람이 맞는지 확신이 서지 않았다. 그래서 그릴 근처에서 뭔가를 계속 굽고 있는 그를 흘끗흘끗 보다, 한참 후 다이치 씨가 꼬치구이를 들고 이쪽으로 왔을 때야, 아, 그 사람 맞네, 하고 생각했다.

"아사미 씨죠? 미야자와 다이치입니다. 나미의, 저기."

"아, 남자 친구시죠. 오사다 아사미라고 합니다. 나미랑 중학교 때부터 친구예요."

"네, 말씀 많이 들었습니다. 오늘 남편분이 못 오셨다고."

"그러게요, 일이 좀 겹쳐서요."

"아사미 씨 부부 얘기도 나미한테 늘 들어서, 꼭 뵙고 싶었습니다. 스포츠맨이시라고요."

"뭘요, 수영 코치를 할 뿐이에요."

"다이치! 고기 좀 사오지 않을래?"

조금 떨어진 곳에서 나미가 캔맥주를 한 손에 들고 다이치 씨를 불렀다. 다이치 씨는 곧바로 나미 쪽을 돌아보며, 그러니까 더 사자고 했잖아, 하고 어이없는 듯 웃었다. 이어서 나미는 내 쪽을 보며, 환하게 손을 흔들었다. 길게 기른 검은 머리를 높게 묶어 아무렇게나 똥머리를 한 나미의 귓가에는 금빛 후프 귀걸이가 달랑거렸다. 머리를 묶어 무방비하게 드러난 이마에는 주름 하나 없다. 나는 엉겁결에 앞머리로 가린 내 이마를 만져보았다. 다음 순간, 다이치 씨가 한 번 더 돌아서 내 쪽을 보며 "저 사람, 항상 저래요." 하고 난감한 듯 웃었을 때는, 이미 심장 박동이 어딘가 이상하다는 걸 느꼈다.

그 후 얼마 지나지 않아, 나미에게서 다이치 씨에게 프러포즈를 받았다는 얘기를 들었고, 나는 지금까지 많은 친구에게 그랬던 것처럼 축하 인사를 건넸고, 당연히 두 사람의 결혼식에도 참석했다. 20대에는 일에만 몰두했던 나미가 웨딩드레스를 입은 건 서른세 살 때로, 나를 포함한 많은 친구는 20대에 그 드레스를 입었지만, 나미는 지금껏 본 어떤 신부보다도 아름다웠다.

나미와 다이치 씨가 부부가 된 뒤로, 친구들 모임에 다이치 씨가 얼굴을 비추는 일이 잦아졌다. 기가 세고 자기주장이 분명한 나미를 언제나 웃는 얼굴로 바라보는 그의 표정도, 나미 집에서 여럿이 식사를 마친 후 내가 페트병 라벨을 떼어 쓰레기통에 버리고 있으면 어딘가에서 다가와, 늘 잘 챙기시네요, 감사합니다, 하고 말해주는 목소리도, 거실에서 술에 취해 잠든 나미에게 담요를 덮어주며 들여다보는 시선도, 나미 친구 중엔 아사미 씨가 제일 말하기 편해요, 하고 조심스레 웃는 얼굴도, 시원한 눈매와 큼직한 코, 햇볕에 그을린 마디 굵은 손도, 다양한 다이치 씨 모습이 내 의지와는 상관없이 자꾸 눈에 밟힌다는 걸 이미 알고 있었다.

하지만 마음이 흔들릴 것 같을 때마다 나는 눈을 꼭 감고 머리를 저어 그것을 제자리로 돌려놓았다. 남편을 위해 만드는 요리, 씻어놓은 그릇, 말려둔 옷이 모두 다이치 씨의 것이라면 하는 부도덕한 생각이 스칠 때마다 또 머리를 젓고, 집안을 둘러보며, 내가 있는 자리를 강하게, 더 강하게 확인하고 자신을 다잡았다. 그러다 다이치 씨를 만나면 그 손을, 얼굴을, 머리칼을 만지고 싶어지는 자신이 싫고, 징그러워서 나미와 다이치 씨가 있을 법한 곳에는 아예 발길을 끊었다.

나미가 내게 둘이 만나자고 연락할 때는, 예나 지금이나 대체로 비슷한 내용이었다. 다이치 씨와 사귄 뒤로도 일 관계 사람들과 몇 번이나 바람을 피웠다는 이야기를 들었지만, 나는 그걸 누구에게도, 물론 다이치 씨에게도 말하지 않았다. 다른 사람들처럼 그녀를 나무라거나 한심하게 여기지도 않았다. 결혼 후에도 나미는 달라지지 않았다. 다이치 씨에게 거짓말하고 다른 남자를 만났다고 즐겁게 털어놓고는, 다이치는 날 완전히 믿어서 괜찮아, 하고 천진하게 웃었다. 내가 아무것도 하지 않아도 천벌을 받을 거라고, 빨리 지옥에 떨어지면 좋겠다고 생각하며 그녀를 바라보았다.

◇

어느 날 밤 다이치 씨에게서 전화가 왔을 때, 나미가 바람을 피우는 것 같은데 아는 게 있느냐고 물었을 때, 어디에 계세요, 만나러 가겠습니다, 라고 했을 때, 떨리는 목소리로 다이치 씨가 괜찮겠습니까, 하고 대답했을 때, 내가 화장을 하고 귀걸이를 하고 밤늦게 집을 나가는데 남편이 아무 관심도 없었을 때, 둘이 바 카운터에서 어깨를 나란히 하고 앉았을 때, 경위를 설명하며 괴로워하는 다이치 씨의 옆얼굴을 바라보았을 때, 잠깐 사이에 둘이 몇 잔이나 마셔 치웠을 때, 아사미 씨 같은 사람과 결혼했더라면 좋았을 텐데, 하고 다이치 씨가 중얼거렸을 때, 이미 무리였다. 아무리 머리를 저으며 제자리로 돌아가려 해도, 위태롭게 버티던 자제심과 이성은 눈사태처럼 소리를 내며 무너졌다. 이런 건 최악이다, 이렇게 해서 좋을 리가 없다고 자신을 아무리 나무라도, 한 번 무너져 가루가 된 '정상'이라는 것을 원래 자리로 되돌려놓는 건 더 이상 무리였다.

학생 시절부터 친구였던 나미와 결혼한 지 5년이 된 남편, 그 두 사람을 속이는 건, 이 인생에서 무엇과도 바꿀 수 없는 소중한 두 사람과 거기에 딸린 수많은 대체 불가능한 것들을 잃을지도 모르는 일이었다. 그렇게 뭔가를 저울질하고, 두려워하고, 후회하면서도 나는, 우리는, 그만 만나겠다는 결심을 하지 못했다. 나미도 바람을 피운다. 그것도 한두 번이 아니다. 다이치 씨를 먼저 속인 것도, 지금도 여전히 속이고 있는 것도 나미 쪽 아닌가. 남편도 나에게 아무런 관심이 없다. 그에게 악의가 없다는 건 잘 알지만, 우리에게 아이가 생길 수 없다는 걸 알게 된 뒤로 나를 소중히 대하지 않았다는 점에서 책임이 있지 않은가. 때때로 이유 없이 나미와 남편을 원망하기도 하고, 우리만 잘못한 건 아니라는 생각을 진지하게 하다가도, 어째선지 허무해져서 생각을 멈추었다. 어느새 보니, 나와 다이치 씨가 둘만 만나기 시작한 지 1년이 지나고 있었다.

어느 날 밤, 다이치 씨는, 나도 아사미 씨와 이렇게 돼 버려서, 나미를 비난할 자격이 없네, 하고 내뱉듯이 말하며 웃었다. 그가 나미를 여전히 사랑한다는 건 구역질이 날 만큼 잘 알고 있다. 다이치 씨는 나미에게 온전히 사랑받고 싶을 뿐이라는 것, 아무리 못된 짓을 해도 나미를 싫어하지 못하며, 나를 만나는 건 나에 대한 애정이 아니라, 외로움을 달래거나 나미 앞에서 평정을 유지하기 위한 특효약 같은 것으로, 말하자면 그것마저 나미를 위한 것처럼 느껴지는 순간이 외면하고 싶을 만큼 많았다. 그와 달리 나는, '차라리'라는 자포자기에서 비롯된 욕망에 무너지는 순간들뿐이어서, 바르게 살아왔다고 자부한 내가 이런 헛된 생각에 흔들리고 있다는 사실이 미치도록 싫었다.

십자가를 짊어지는 게 죄의 대가라면, 이것이 십자가라면 조금은 마음이 편할 것 같다고도 생각했다. 더러운 비밀을 안고 산다는 건 다듬어지지 않은 돌덩이가 가슴 언저리에 달라붙어 몸과 하나가 되어가다, 날이 갈수록 일그러지며 단단한 암석이 되어 몸속에 둥지를 트는 것 같았다.

◇

"이 샴페인, 나미가 좋아하는 거야?"

"응, 뭐, 기념일이었으니까. 하지만 나미는 애초에 히가시이즈에서 기념일 보내는 것 싫다고 말했으니, 뭐 다른 일정을 가 버렸어도 어쩔 수 없지."

"그럼, 나미는 어디서 보내고 싶다고 했어?"

"어디서더라. 아, 음, 하와이."

"그렇구나, 하와이라."

"아사미, 하와이 갈까?"

"가서 뭘 하게?"

웃으며 그렇게 말한 순간, 가서 뭘 하게, 라는 말끝은 나를 향해 날카롭게 날아와 꽂혔다. 가서 뭘 하려는 걸까. 앞으로 뭘 하려는 걸까. 이대로 뭘 하려는 걸까. 아무것도 모른 채, 친구의 결혼기념일에 친구 남편과 그 친구를 위해 준비한 샴페인을 마시고 있다. 피식 웃음이 날 정도로, 아무리 생각해도 비열하고 비도덕적인 짓이라 도무지 용서받을 수 없다는 걸 머리로는 알고 있는데, 왜 이대로 내일이 오지 않기를 바라는 마음을 멈출 수 없는 걸까. 이게 뭐란 말인가. 대체 무슨 짓을 하는 거지. 뭘 어떻게 하고 말고 할 것도 없지 않을까. 다만, 그 순간에 내 스마트폰에서 띠링 하는 알림음이 울려서 문득 화면을 보니 나미의 메시지가 떴다. 심장이 요동쳐서, 한숨을 고른 뒤 천천히 네모난 기계를 뒤집었다.

"저기, 다이치 씨."

"응?"

"하와이, 지금 갈까?"

"지금?"

그렇게 말하며 웃는 다이치 씨 손가에서 스마트폰이 경쾌하게 울렸다. 그 밝은 소리는 마치 지금부터 우리를 어딘가로 이

끌어갈 오프닝 음악처럼 들렸다. 천벌을 받을 거라고, 빨리 지옥에 떨어지면 좋겠다고 생각한 나는 누구였을까. 이 오프닝 음악을 타고, 무대 위로 올라갔다가 인사를 마치고 돌아갈 수 있는 곳은 과연 어디일까. 스마트폰 화면을 확인하려는 다이치 씨에게서 시선을 피하듯 시선을 보낸 가게 창에는 히가시이즈의 밤하늘이 조그맣게 번져 있었다.

"어, 저기 사람들이 모여 있어."

쇼핑몰 푸드코트에서 점심을 먹고 4층 아동복 매장으로 가려던 참에, 내 손을 잡고 있던 하루카가 저쪽을 바라보며 말했다. 하루카의 시선을 따라가 보니, 쇼핑몰 중앙 복층 홀 이벤트 공간에 사람들이 모여 있었다.

"정말이네. 무슨 일일까?"

"엄마는 몰라? 아빠는 알까?"

"그러게. 한번 물어보렴."

내가 그렇게 말하자, 하루카는 얼른 내 손을 놓고 앞서 걸어가는 남편과 다카히로 쪽으로 달려갔다. 하루카가 "아빠!" 하고 외치며 작은 몸으로 남편 다리에 와락 안기는 바람에 남편과 다카히로가 잡고 있던 손이 풀려버렸다. 남편은 느닷없는 작은 충격에 놀란 듯, 엇, 하는 소리를 흘리며 하루카를 바라보았다. 하루카는 그런 아빠의 반응에 천진하게 웃었고, 아직 어린 다카히로는 무슨 영문인지도 모른 채 두 사람을 따라 웃었다.

곧 여덟 살이 되는 하루카는 꽤 의젓해졌다. 그러면서도 수다 떠는 걸 어찌나 좋아하는지 요즘 들어 더 명랑해졌다. 비교적 조용한 편이라고 자부하는 나와 남편에게 어떻게 이렇게 활기찬 아이가 태어났을까 싶지만, 명랑하고 쾌활한 하루카가 듬직하게 느껴질 때가 많다. 갓 다섯 살이 된 다카히로는 무척 얌전하고 차분해서, 남편은 종종 다카히로는 엄마 성격을 닮았어, 라고 하지만, 나는 다카히로만큼 무난하지 않아, 라며 괜스레 겸손을 부린다.

"아빠도 모르겠는데. 뭔가 하고 있는 거 아닐까."

무뚝뚝한 말투와 달리 남편은 어딘가 기쁜 기색이고, 하루카는 "아빠는 맨날 모른대." 하고 해맑게 웃고, 다카히로는 덩달아 웃었다. 육아가 있는 삶. 매일 똑같고 분주한 날들 속에서 그 안에 있는 행복을 미처 느끼지 못한 채 지나치는 것도 사실이지만, 남편과 아이들이 아무 거리낌 없이 웃고 있는 이 광경이 내 마음을 평온하게 채워주는 샘 같은 존재라는 것 또한 사실이다.

"가볼까?"

남편이 돌아서서 내게 묻자, 하루카가 곧장 가고 싶어어어! 하고 목청을 높였다. 뭔가를 조를 때면 작은 몸을 좌우로 흔드는 버릇이 생긴 게 언제부터였더라. 말총머리가 귀엽게 찰랑거렸다.

"아니, 안 갈래. 하루카, 소풍 신발 사러 가야지?"

"신발은 나중에 사도 되잖아."

"저녁에는 할머니도 오시니까 오늘은 일찍 돌아가야 해."

"흐으웅, 가고 싶어. 다카히로도 가고 싶지?"

하루카가 갑자기 묻자, 다카히로는 아무것도 모르는 표정이었지만, 천천히 응, 하고 끄덕이더니 내 쪽을 돌아보았다.

"흐웅, 엄마, 돼?"

"봐, 다카히로도 가고 싶다잖아."

그러고는 하루카가 폴짝폴짝 뛰니까, 다카히로도 따라서 폴짝폴짝 뛰었다. 이렇게 되면 무슨 말을 해도 듣지 않는다는 걸 이미 알고 있었다.

"그럼, 엄마는 먼저 4층에 갈 테니까 아빠랑 다녀와."

"그래? 바로 그리로 갈게. 피아노 공연 같은 거면 금방 질릴 테니까."

남편은 내게 그렇게 말한 뒤, 아이들에게 그럼 에스컬레이터까지 빨리 걷기다, 라고 하자, 아이들은 꺄악꺄악 소리를 지르며 일제히 빠른 걸음으로 걸어가면서 뭐가 재미있는지 이내 깔깔 웃음을 터뜨렸다.

"나중에 연락해."

내 목소리가 들리는지 어쨌는지, 세 사람은 앞만 보며 1층으로 이어지는 에스컬레이터로 빨려 들어갔다.

◇

혼자 4층을 걷고 있어도, 중앙이 트여 있는 공간 덕분에 1층 이벤트장의 음악과 박수 소리가 이따금 들려왔다. 아동화 매장을 향해 걸어가는 통로 양쪽에는 다양한 상점들이 늘어서 있었다. 천천히 구경하며 걷다가, 아기자기한 아동 용품 가게를 발견했다.

언뜻 보아도 소풍날 신을 만한 신발은 팔지 않는 듯했지만, 테디베어와 풍선, 리본, 사탕이 여기저기에 걸린 그 가게는 하루카가 폴짝폴짝 뛰며 좋아할 만한 곳이라, 잠깐 들러보기로 했다.

가격이 제법 비쌀 것 같아 살짝 겁내면서, 통로와 경계가 없는 오픈 매장 안으로 발을 들여놓자 바로 안쪽에서 "어서 오세요" 하는 여성 점원의 톤 높은 인사 소리가 울려퍼졌다. 내 쪽을 엿보다가 빈틈이 보이면 다가올 것 같아 거리를 두고, 말을

걸지 못하게 조심스레 움직여 가게 한구석 자그마하고 사랑스
러운 신발들이 가지런히 놓인 진열대 앞에 섰다.

사이즈는 다양하지 않았지만, 연분홍빛 신발들이 진열대에
가지런히 놓여 있었다. 신발 옆면에는 리본이나 테디베어 무늬
가 아낌없이 장식되어 있었다. 이걸 사면 하루카는 분명 소풍
갈 때 신고 가겠다고 할 테고, 더러워진다며 말려도 결국 신고
가서 더럽힌 채 돌아올 게 뻔하다. 더러워진다고 했잖아, 하고
말해도, 신고 가고 싶었단 말이야, 하고 당당히 받아칠 것이다.
그것이 정말 본심인지는 모르겠지만, 하루카는 어느새 조금 강
한 척하는 법을 깨우친 것 같다. 누나니까, 하고 키운 적은 절대
없지만, 자각했든 아니든 성장 과정에서 누나라는 정체성이 그
아이를 씩씩하게 만든 건지도 모른다고 이따금 생각할 때가 있
다.

"선물 고르세요?"

반사적으로 소리가 난 쪽을 돌아보니, 오른쪽 옆에 사랑스
러운 원피스를 입은 젊은 점원이 서 있었다. 아뿔싸, 하고 생각
했을 땐 이미 늦었다. 이것은 요즘 나온 신상이고, 이것은 몇 년
은 쓸 수 있는 것이라는 등, 묻지도 않았는데 생글생글 웃으며
상품 설명을 했다.

"아뇨, 저기, 딸 건데, 그냥 잠깐 보기만 하려고."

"어머, 자녀분이 있으세요? 그렇게 안 보이세요. 정말 어려

보이시네요."

"앗."

순간적인 일이어서 불쑥 소리가 튀어나왔지만, 곧이어 빈말이라는 두 글자가 바위처럼 머리 위로 떠올랐다가 쿵하고 정수리로 떨어졌다. 아프고 부끄럽긴 했지만, 그 충격 덕분에 금세 정신을 차릴 수 있었다.

"아뇨, 전혀, 그런 건."

점원의 빈말을 재치 있게 받아치지 못한 채, 나는 정수리 언저리에서 부서진 바위 조각을 털어내듯 머리를 탁탁 치는 게 고작이었다.

"동안이세요. 같은 또래인가 했는걸요."

"또래라니요, 말도 안 돼요. 몇 살이세요?"

"스물아홉이요. 정확히는 스물여덟이고, 다음 주에 생일이에요."

"스물, 어머나, 아, 생일이세요."

"죄송해요, 사적인 얘기를 해서. 마음에 드는 신발이 있으면 말씀해주세요. 이런 때 옆에서 말을 걸면 오히려 집중이 안 되죠."

그렇게 말한 뒤 점원은 빙긋 웃고는 몸을 돌려 카운터 쪽으로 갔다.

◇

 나의 스물아홉 번째 생일이 문득 떠올랐다. 그날 신으려 했던 뮬은 그 무렵 내가 가장 아끼던 신발이었지만, 지금은 언제 버렸는지 기억도 나지 않는다. 누구나 아는 브랜드 제품은 아니었지만, 그때의 나로서는 살 때 마음을 단단히 먹어야 했던 가격이라, 특별한 날에만 신던 신발이었다. 그 구두를 신던 시절의 나는, 하다가 황급히 생각을 멈췄다. 그건 벌써 십 년도 전의 일이라 모든 것이 희미하고, 잘 생각나지도 않고, 설령 생각났다 하더라도 그것이 진실인지 아닌지 자신할 수 없다. 다만, 스물아홉 살 생일 당일, 나는 끝내 그 뮬을 신는 일이 없었다는 사실만은 선명하게 기억난다.

 하루카도 십 년쯤 지나면, 아니 어쩌면 더 일찍, 하이힐을 신게 될 것이다. 그 구두를 신고 좋아하는 사람을 만나러 가기도 하고, 만나지 못하기도 하면서, 가장 아끼는 그 구두 한 켤레와 많은 순간을 함께하게 되겠지. 지금은 눈앞에 나란히 진열된 이런 작고 사랑스러운 천으로 된 아동화를 보고 기뻐하겠지만, 십 년이 지나면 하루카는 어떤 신발을 신고, 어떤 사람을 만나고, 누구와 어떤 순간을 함께할까. 앞으로 하루카가 맞이할 모든 생일이 멋진 날이기를, 나는 문득, 그러나 간절히 바랐다.

 "엄마아아."

깜짝 놀라 돌아보니, 복도 쪽에서 하루카가 나를 향해 달려왔다. 그 뒤로 남편과 다카히로가 손을 잡은 채 나란히 걸어왔다. 하루카는 거침없이 가게 안으로 뛰어들었다.

"우와, 귀여워."

내게 달려온 하루카는 눈앞에 진열된 신발들을 보더니, 아니나 다를까 들뜬 표정으로 "소풍 갈 때 신을래." 하고 통통 튀는 목소리로 말했다.

"뭐야? 소풍 갈 때는 좀 더 걷기 편한 걸로 하는 게 어때?"

뒤따라 들어온 남편이 약간 놀란 듯 그렇게 말했지만, 들떠 있는 하루카를 생각해서인지 어조는 부드러웠다.

"응, 그냥 귀여워서 보고 있었어. 일찍 왔네."

"갔더니 사람이 너무 많아서 잘 보이지도 않더라고. 그래서 금방 지겨워진 모양이야. 개그 공연 같은 것 하더라고."

"그랬구나."

"텔레비전에서 자주 보던 사람들도 나오더라. 전혀 모르는 사람도 있었지만."

"재미있었어?"

"뭐, 그냥."

"엄마, 나 이거 좋아. 이걸로 할래."

하루카가 양손에 들고 있는 건 거의 흰색에 가까운 신발이었지만, 빛이 비치는 각도에 따라 살짝 베이비핑크로 보였다.

곳곳에 작은 하트 장식이 달려 있고, 부드러운 천이어서 오래 신기에는 무리였다.

"저쪽 매장에 운동화 있으니까 가자. 이거 신고는 못 걸어."

"괜찮아, 걸을 수 있어. 이걸로 할래."

"하루카, 엄마 말 들어. 저기로 가자."

남편도 거들며 그렇게 말했지만, 하루카는 "싫어." 하고 또 몸을 좌우로 흔들었다. 아직 어려서, 일까. 어리기 때문에, 일까. 아이는 자기 판단을 의심할 줄 모른다. 그때 문득, 되도록 무엇에도 흔들리지 않고 지금 이대로 자라주기를, 하는 바람이 간절히 일었다. 지금처럼 자기 마음에 드는 것을 포기하지 않고, 마음에 든 신발을 신고 나가서 많은 사람을 만나기를. 설령 그 만남이 슬픔과 괴로움을 안겨주더라도, 언젠가 그것이 너를 지탱해주는 것이 될 거라고, 반짝거리는 해맑은 얼굴로 이 작은 신발을 바라보는 하루카를 보며, 그런 생각이 떠올랐다.

"저기."

"응? 왜?"

내가 말을 꺼내자, 남편은 돌아서서 살짝 웃으며 물었다.

"이벤트에 나온 사람들 즐거워 보였어?"

"나온 사람들? 보는 사람들이 아니라?"

"응."

"으음, 뭐, 시끄러운 곳에서 하느라 힘들어 보이긴 했지만.

왜, '온도랴'(관서 지방 사투리로 '이 자식' 정도의 거친 말투지만 예능에서는 분위기를 띄우는 말—옮긴이) 하고 소리치는 개그맨 있잖아. 요리도리(일본 TV 예능 프로그램명—옮긴이)에 나오는, 후나키라는 사람. 그 사람 나왔을 때는 사람들이 엄청나게 몰렸어. 즐겁지 않았을까? 왜?"

"그랬구나. 하루카, 이것도 사고 소풍 갈 때 신을 운동화도 사자."

"엉?"

남편은 뜻밖의 내 말에 의아한 표정을 지으며 나를 돌아봤다.

"하루카, 그러면 되지?"

"응! 이거 할래!"

"어쩐 일이야? 좀 비싸지 않아?"

"뭐, 괜찮잖아. 가끔은."

내가 그렇게 말하자 남편은 잠시 뒤에야 그러게, 가끔은, 하고 웃었다. 그 평온한 얼굴을 보니 이유도 없이 눈물이 날 것 같았다. 고마워, 라고 말하는데 가슴이 뭉클해져 무심코 남편의 다운 재킷 소맷자락을 잡았다.

"있지, 오늘 스키야키 먹을까?"

"앗, 신난다. 나는 좋지만, 괜찮아?"

"그리고 다카히로가 좋아하는 포도도 사가자."

"아하하, 엄마 오늘 폭풍 쇼핑 모드네. 좋겠다, 다카히로."

남편이 다카히로의 머리를 감싸듯 쓰다듬자, 다카히로는 표정 하나 변하지 않은 채 끄덕였다. 이 가게에 있는 게 지루해진 것이다.

"그럼 계산하고 올 테니까 기다려."

신발을 꼭 안은 하루카와 함께 계산대로 가서, 사람이 없는 그곳에서 벨을 누르자 네에, 하고 역시 높은 톤의 목소리가 울렸다. 아까 그 점원이 안에서 급히 나왔다. 하루카를 보자 '어머나, 귀여워라' 하고 미소 짓더니, '잠깐만 주세요' 하며 계산대 위로 손을 내밀어 하루카에게서 신발을 받아서 들었다. 반짝이는 손톱 끝을 움직이며 능숙하게 포장하는 모습을 바라보며, 말할 용기는 나지 않았지만, 다음 주 당신의 생일이 멋진 날이 되기를요, 하고 간절히 빌었다.

"사와베 씨, 살 좀 빠졌네?"

근무 중 컴퓨터를 보고 있는데, 불쑥 뒤에서 그렇게 말을 건 사람은 야구라 씨였다. 그는 언제나 구겨진 셔츠를 당당하게 입고 다녔다. 벗겨진 헤어라인을 감추려는 듯, 오늘도 뒤통수 머리를 억지로 이마 쪽으로 끌어올려 기묘한 머리 모양이었다.

"어머, 살이 빠졌나요?"

"빠졌어. 좀 예뻐졌는걸, 남자 친구 생겼어?"

"아뇨, 생기지 않았어요."

"야구라 씨, 그런 말 성희롱이래요."

대각선 맞은편 데스크에 있던 다카하시 씨가 농담조로 끼어들었다. 말투에는 야구라 씨를 살짝 빈정대는 기색이 묻어 있다. 다카하시 씨는 언제 어느 때고 셔츠에 구김 하나 없었다. 아마 부인이 꼼꼼한 성격인 듯했다. 오늘도 연한 하늘색과 흰색 줄무늬 셔츠에 감색 넥타이를 단정히 매고 있었다.

"봐요, 사와베 씨도 난감해하잖아요. 이제 여성이 어쩌고, 이런 말 하면 안 돼요."

"여성이 어쩌고라는 말 안 했어. 예뻐졌네, 라는 말도 하면 안 돼?"

"어쨌든 안 돼요."

"에이, 살기 힘드네."

그렇게 말하며 야구라 씨는 과장스럽게 얼굴을 찡그렸다. 다카하시 씨는, 언제 인사과에 끌려갈지 모릅니다, 하고 웃었고, 야구라 씨는 에이, 사와베 씨, 인사과에 뛰어갈 거야? 좀 봐주세요, 하고 웃었다.

"아뇨, 전 괜찮아요."

"거봐, 사와베 씨는 괜찮다잖아. 다카하시, 겁주지 말라고."

"사와베 씨가 눈치가 있어서 넘어가준 거라고요."

그렇게 말하며 다카하시 씨가 빙그레 웃으며 나를 봐서, 나도 따라 웃고는 컴퓨터 화면으로 시선을 돌렸다.

◇

린코 씨가 본사로 파견 근무를 온 것은 약 2년 전 일이다.

가슴 아래까지 내려오는 검고 윤기 나는 긴 생머리를 찰랑이며, 마 소재의 독특한 아이보리색 팬츠 슈트를 입고, 부장에게 이끌리듯 사무실에 나타난 것은 숨 막히는 더위가 막 끝나려 하던 계절쯤이었다.

"오늘부터 잘 부탁드립니다. 사와베 린코입니다."

린코 씨가 이렇게 인사하자, 야구라 씨가 곧바로 "어, 사와베 씨구나. 우리 팀에 사와베 씨가 또 있어서 조금 헷갈리겠네." 하고 가볍게 농담을 던지며 내 쪽을 힐끔 보았다. 부장 책상 앞에 모여 있던 사원들은 야구라 씨 특유의 말투에 순간 미묘한 웃음을 지었고, 나도 마찬가지로 미소를 지었지만, 린코 씨는 아랑곳하지 않고 "그럼 저는 린코라고 불러주세요. 잘 부탁드립니다." 하고, 마치 처음부터 이렇게 될 걸 알았다는 듯 담담하게 말을 이었다. 그, 사교적인 미소조차 띠지 않는 태도가 무척 인상 깊었다.

린코 씨는 근무를 시작하고 바로 기존 자료 작성 방식 등에 관해 새로운 제안을 자주 내놓았다. 그것은 합리적인 내용이어서 오래 근무한 사원들은 감탄했고, 젊은 사원들은 적잖이 존경심을 표했지만, 기존 방식에 익숙한 오래된 사원들의 목소리가 커서 흐지부지 채택되지 않았다. 감탄은 하지만, 채택은 절대 하지 않는 점이야말로 이 조직답다고 생각한 날이 몇 번이나 있었다.

린코 씨는 근무 중에 야구라 씨나 다카하시 씨가 잡담을 건네도 "그건 업무와 관련 있는 것인가요?" 하고 무뚝뚝하게 받아치며, 곧잘 대화를 끊었다. 그럴 때마다 야구라 씨는 나중에 내게 와서 "린코 씨, 좀 무서워." 하고 과장스럽게 얼굴을 찡그려서, 린코 씨, 단호한 편이죠, 하며 같이 웃어주곤 했다.

사회에서 살아가려면, 또 편하게 지내려면, 어느 정도 포기하는 게 낫다는 사실을, 비관적인 의미에서가 아니라 현실적으로 받아들이게 된 나로서는, 린코 씨가 속마음을 그렇게 당당히 드러내는 모습이 영 이해되지 않았다. 남자 친구가 있느냐는 질문도, 여성 사원 외모를 두고 하는 농담도, 설령 그 화살이 자기에게 향하더라도 대충 웃어넘기면 아무 일도 일어나지 않는다. 그 정도쯤은 흘려보내면 될 텐데, 왜 그러지 않는 걸까. 무슨 고집일까. 조금 더 유연하게 살면 될 텐데, 하고 몇 번이나 생각했다.

웃기지 않은 농담에도 적당히 웃어주고, 불편한 질문은 애교 섞인 태도로 얼버무리며, 상처 주는 말을 들어도 마치 상처 받지 않은 듯 넘어가면, 그들에게는 '편한 사람'이라는 인상을 심어줄 수 있다. 그리고 나는 그것이야말로 사회에서 살아가는 요령이라고 여겼다. 포기와 영합은 결국 내가 조금이라도 편하게 살아가기 위한 지혜이자 요령이었다.

◇

"린코 씨, 너무 발끈하는 거 아니야?"

뉴스에서는 벌써 올해 벚꽃 절정 시기를 전하기 시작했지만, 여전히 쌀쌀한 날씨가 이어지던 어느 점심시간. 식당에서 어깨까지 오는 머리를 하나로 묶은 가시와기 선배가 카레를 입으로 가져가며 말했다.

"발끈한다고요?"

"남자들이랑 맞붙으려는 느낌이라 싫지 않아? 난 그런 건 좀 피곤하더라. 다른 사람들도 눈치 보는 것 같고."

"아, 그런가요."

"그냥 적당히 웃고 넘기면 될 텐데, 야구라 씨 아재 개그에도 매번 발끈하잖아. 참아주는 법을 모르는 사람 같달까. 지난번에도 야구라 씨한테 욱했잖아."

"뭐, 야구라 씨가 쓸데없는 소리를 많이 하긴 하죠."

"하지만 흔한 일인걸. 린코 씨가 미조구치 씨한테 좀 세게 말한 적 있잖아? 그때, 야구라 씨가 '역시 여자들끼리는 무섭네'라고 했지. 다들 웃고 넘겼는데, 린코 씨만 심각한 얼굴로 '그건 엄연한 여성 멸시예요'라고 해서 분위기 싸해졌잖아. '멸시'라는 말, 실제 생활에서 처음 들어봤어. 아, 린코 씨 인스타 알아?"

"아뇨, 몰라요."

"뭔가 말이야, 좀 페미스럽더라."

"페미요?"

"그러니까, 그 트페미니 페미니스트니 하는 거 있잖아. 그런 글을 좀 올리더라고. 좀 무섭지 않아? 이거, 다카하시 씨가 발견한 거지만, 위험해보여. 좀 골치 아파질 것 같아."

가시와기 씨는 그렇게 말하고는 희미하게 웃으며 린코 씨의 인스타를 들여다보았다. 페미니스트라는 말을 듣고 나는 왠지 이해가 갔다. 고지식하고 대화에 융통성이 없는 린코 씨 태도는 사람들이 흔히 떠올리는 페미니스트의 전형처럼 보였다. 그날 퇴근길, 역 구내 서점에 들러 페미니즘 관련 책 두 권을 샀다. 지금 돌아보면, 왜 그때 그런 행동을 했는지 나도 알 수가 없다.

◇

린코 씨가 회사에서 자취를 감춘 것은 그로부터 반년 뒤였다. 우리가 모르는 사이, 인사부에 부서 이동 신청서를 냈다고 한다. 소문에 따르면 '성차별'이 만연한 부서라고 보고한 모양이었다. 그 뒤 우리 사원들은 한 사람씩 불려가 사실 확인을 위한 면담을 했다. 인사부 사원이 묻는 건, 부서 내에 괴롭힘이나 성희롱이 있었는지, 그리고 그것을 알고 있었는지였다.

"사와베 씨, 여기서 나눈 얘기는 비밀로 하겠습니다. 말씀해주시겠습니까?"

휑한 회의실 맞은편에 앉은 인사부 남자 직원이 그렇게 말했다. 옆자리 여자 직원은 컴퓨터 앞에서 뭔가를 치고 있었다.

"아뇨, 저는 부서에서 딱히 괴롭힘을 느낀 적이 없습니다."

습관처럼 미소를 지으며 대답하자, 남자 직원은 이해가 가지 않는다는 듯 얼굴을 찡그렸다. 이 자리에서 나온 말이 금세 어딘가로 새어나가고, 그로 인해 이 조직에서 입지가 불편해질 수도 있다는 것쯤은 쉽게 짐작할 만큼 나도 경력이 쌓였다.

"아, 사와베 씨, 어땠어?"

면담을 마치고 부서로 돌아오자, 다카하시 씨가 재미있다는 듯이 물었다.

"어떻고 뭐고, 금방 끝났어요."

“그랬구나. 뭐 물어봐?”

“부서 분위기 같은 거요.”

“뭐라고 했어?”

“별문제 없다고 했어요.”

“아, 역시 그렇지. 나도 그래. 좀 짜증 나. 이런 건 한 사람이 시끄럽게 굴면 괜히 휘말리게 되니까. 성가셔서, 원.”

다카하시 씨는 그렇게 말하며 웃었고, 그 얘기를 들은 야구라 씨도 뒷자리에서 웃음을 터뜨렸다. 나도 마찬가지로 소리 내어 웃었다.

◇

“요즘 젊은 사원들은 참 대단해요.”

이자카야 좌식석에서 약간 취기가 오른 가시와기 씨가 늘 그렇듯 머리를 하나로 묶고, 배추절임을 집으며 말했다.

“와, 나왔다, 가시와기 씨. 젊은 사원에게 팩폭 날리시는 우리 부서의 왕누님, 가시와기 씨!”

가시와기 씨 옆에서 전골의 마무리 죽을 확인하던 다카하시 씨가, 그렇게 말하며 바로 딴죽을 걸었다.

“다카하시 씨, 하지 마, 그런 게 아니라, 회식에 도통 나오질

173

않잖아요.”

“회식에 오라고 하는 것도 직장 내 괴롭힘 같더라고요.”

다카하시 씨가 놀리듯이 그렇게 말하자, 가시와기 씨는 조금 뿌루퉁한 표정을 지었다.

“뭐든 다 직장 내 괴롭힘이라니, 조직에서 살아가려면 어느 정도 참는 것도 필요하잖아요? 무리하고 싶지 않다, 있는 그대로 살고 싶다, 다들 너무 물러터졌어. 참으라고, 좀.”

“이야, 왕누님은 역시 무섭네.”

다카하시 씨 옆에 앉은 야구라 씨가 능청스럽게 맞장구를 치자, 몇 명이 조금 웃었다.

“그래서 오늘 온 젊은 친구들 참 기특하다니까. 사에키 씨하고 다치카와 씨, 두 사람 일도 열심히 하고 말이야.”

그 말을 들은 젊은 친구 두 사람은 바로 미소를 지으며, 뭐라고 인사를 하고 꾸벅 머리를 숙였다.

“자자, 그만 됐어. 여자들은 하여간 골치 아파.”

야구라 씨가 일부러 우스꽝스러운 표정을 짓자, 여기저기서 웃음이 흘러나왔고, 그는 말을 이었다.

“여자들은 왜 그렇게 금방 으르렁대는지 몰라. 금세라도 싸울 것 같더라고. 남자는 잘 안 그런데. DNA 탓인가?”

“아, 야구라 씨, 그런 말 위험해요. 페미한테 두들겨 맞아요.”

다카하시 씨가 바로 받아치자, 또다시 자리에서 웃음이 터졌다. 야구라 씨는 "위험해, 페미가 제일 무섭다니까. 그만, 그만." 하고 웃으며 냄비 속 죽을 들여다보다가, 오, 맛있겠군, 하고 말했다.

린코 씨는 한 번도 회식에 참석한 적이 없었다.

그렇지만 술은 좋아한다는 얘기는 들은 적이 있다. 사에키 씨가 언젠가, 에비스의 고급 레스토랑에서 린코 씨가 남자 친구로 보이는 남성과 함께 나오는 걸 본 적이 있다고 했다. 업무와 상관없다고 말할 것 같아 겁났지만, 유급 휴가로 다녀온 오키나와 여행 기념품으로 사타온다기(오키나와식 도넛―옮긴이)를 건넸더니, 린코 씨는 고맙다고 하며 "잘 쉬다 오셨어요?" 하고 미소를 지었다. 린코 씨가 야구라 씨에게 대응하는 것처럼 나도 그렇게 말해보면 어떨지 상상한 적도 몇 번 있었다. 린코 씨에게 편치 않은 환경을 만드는 데 나 또한 일조하고 있었던 건 아닐까, 그런 생각이 든 건 린코 씨가 떠난 뒤 한참 지나서였다.

"그러고 보니, 이제 와서 하는 말이지만."

가시와기 씨가 조금 굳은 얼굴로 말을 꺼냈다.

"린코 씨 있잖아요. 화장실에서 우는 걸 본 적이 있어요."

"어머, 린코 씨가?"

다카하시 씨와 야구라 씨가 동시에 몸을 앞으로 숙였다.

"반년쯤 전이었나, 그러니까 그만두기 직전?"

“의외네. 린코 씨, 직장에서 울기도 하는구나. 난 한 번도 운 적 없는데.”

“다카하시 군은 없어? 난 딱 한 번 있어. 전에 있던 직장에서 말도 안 되는 실수를 했을 때.”

“야구라 씨, 의외로 여자 같은 면이 있더라고요. 그보다 린코 씨도 결국은 평범한 여자였네요. 과자 선물 주면 기뻐했었어요.”

“맞아, 맞아. 그런 면을 조금만 더 보여줬더라면 우리도 대하기 편했을 텐데.”

가시와기 씨가 웃으며 그렇게 말하자, 여기저기서 따라 웃는 소리가 흘러나왔다. 아까부터 좀처럼 줄지 않고 있는 두 번째 우롱하이 잔을 보고 있으니, 테이블 위가 빙글빙글 소용돌이치기 시작했다. 가시와기 씨도, 다카하시 씨도, 야구라 씨도, 다른 사원들 모두 동그랗게 말려 들어가듯 빙빙 돌았다. 웃음소리마저 그 속으로 빨려 들어갔다. 죽 다 됐어요, 하는 누군가의 목소리와 함께 내 오른팔도 소용돌이 속에 손끝부터 빨려 들어가는 것이 피부로 또렷하게 전해졌다.

“린코 씨를 ‘평범한 여자’로 만들어서, 안심하고 싶었을 뿐이군요.”

내 입에서 흘러나온 말마저 빙글빙글 도는 소용돌이 속으로 빨려 들어갔다. 끝없이 회전하는 그 소용돌이 틈새로 익숙한 얼굴들이 잠깐씩 보였다. 놀란 듯, 당혹스러운 표정이 눈에 들어왔지만, 금세 다시 소용돌이에 휘말려 사라져 멈출 기색이 없었다.

"무서우시죠? 기존의 여성상에 없던 사람이. 린코 씨처럼 비위를 맞추지 않는 존재가. 그야 편하겠죠. 당신들 앞에서 바보인 척, 모르는 척해주면 안심이 될 테니까. 하지만 언제까지 나나, 우리가 그런 짓을 해야만 하나요? 다카하시 씨는 요즘 여성 문제에 대해 이러쿵저러쿵 말하면 시끄러워진다며, 마치 사회와 여성에 정통한 척하지만, 겉치레일 뿐, 건드리면 곪아 터지는 종기처럼 성가신 존재라고 배척하는 데 지나지 않잖아요. 웃기지도 않은 농담에 상처받지 않은 척 웃어넘기고 맞장구쳐주는 게 '분위기 아는 여자'가 되는 길이고, 그렇지 않은 사람은 눈엣가시 같은 존재로 몰아세워서 마음이 편해지는 건, 결국 당신들뿐이잖아요.

나도 책을 읽기 전까지는 그저 성가신 존재라고만 생각했어요. 고집 세고 융통성 없고, 트집이나 잡는 여자라고만 여겼어요. 하지만 아니더라고요. 가시와기 씨, 아무것도 이해하지 못한 건 우리 여자들 역시 마찬가지였어요. 우리 여성들 사이에서도, 체념에서 굳어진 방식을 서로에게 떠넘겨 온 거예요. 저기, 야구라 씨, 그 무심한 한마디에 다 드러나요. 우리를 깔보고 있고, 줄곧 그렇게 깔보고 싶어 한다는 게요. 이렇게 말하면 피해망상이라며 지적하고, 웃음거리로 만들겠죠. 당신들에게 성가시고 귀찮은 인간으로 찍히는 게 두려워서, '분위기 아는 여자'로 보이고 싶어서, 나는 언제까지나 입을 다문 채 변하길 두려워하며 살아왔어요. 단지 여자라는 이유만으로 떠맡아야 할게 너무 많았고, 어떻게든 버티고 싶었기에, 그런 것들에 가담하지 않았을 뿐이에요. 정말 부끄러운 것은 린코 씨 쪽일까요? 성가시고 귀찮고, 튀는 사람이 정말로 린코 씨 쪽일까요?"

말을 쏟아낸 뒤, 어깨로 거칠게 숨을 몰아쉬는 나를 두고 소용돌이는 더욱 거세게 휘몰아쳤다. 방금 내뱉은 말도, 눈앞 사람들의 표정도, 모든 것이 그 속에 삼켜져 빙글빙글 돌고 또 돌았다.

"사와베 씨? 왜 그래? 죽 안 먹어?"

눈앞의 가시와기 씨가 그렇게 말하며 죽이 담긴 그릇을 내밀었다.

"죽."

"취했어? 속 안 좋아?"

"아, 아니요. 네, 죽. 잘 먹겠습니다."

"사와베 씨는 정말로 모난 데가 없어서 좋아. 다들 사와베 씨 같은 사원이면 좋을 텐데."

뒤이어 야구라 씨의 건조한 웃음이 흘렀고, 다카하시 씨도 따라서 웃었다. 가시와기 씨는 "사와베 씨 착하다고 마구 대하

면서.” 하고 야구라 씨에게 비아냥 섞인 말을 하면서도 웃었고,
나는 그릇을 든 채, 역시, 웃고 있었다.

향수가 깨졌다.

물론 저절로 깨진 건 아니었다. 손에서 미끄러진 그것이 하필 관엽식물 화분 위로 떨어져 버렸다. 30ml짜리 작은 병이었지만 떨어지면서 사방으로 튀어 깨진 탓에 침실은 고상한 매그놀리아 향에 잠식되고 말았다. 고춧가루통을 깬 게 아니라 다행이라고 자신을 달래며 애써 받아들이려 했지만, 잠자리에 들 때마다 그 기억이 되살아나, 차라리 고춧가루 쪽이 나았을지도 모르겠군, 생각하며 어깨를 떨구었다.

겨우 떠올리는 날이 적어졌는데, 오랜만에 그 향을 맡으니, 기억과 경험을 뒤죽박죽 처박아둔 벽장이 거칠게 열리며 눈사태처럼 나를 덮치는 것 같았다. 불가리 스플랜디다 매그놀리아, 하루키가 좋아한다고 했던 향이다.

◇

하루키와 처음 만난 건 3년 전, 요즘 세상엔 보기 드문 '미팅'이라는 이름의 금요일 밤 술자리였다. 긴자에 있는 가게라고 들었는데, 찾아간 곳은 거의 신바시에 가까운 캐주얼한 프렌치 바였다. 가게 앞에 도착하자, 가게 안쪽에서 직장 선배가 나를 발견하고 가볍게 손을 흔들었다. 오랜만에 느껴보는 묘한 긴장감을 안고 안으로 들어서니, 슈트를 입은 남성 네 명과 평소보다 한층 공들여 머리에 힘을 준 회사 선배 셋이 이미 각자의 잔을 들고 있었다. 늦어서 죄송합니다, 하고 인사한 뒤 자리에 앉았을 때, 내 맞은편에서 슈트 재킷을 벗고 셔츠 소매를 걷어올린 채 오렌지색 음료를 마시던 남자가 하루키였다.

"고헤이 씨 직장 후배, 아오키(靑木) 히토미라고 합니다."

"검정(黑)이 아니라 파랑(靑)이군요."

그렇게 말하고 하루키는 웃었다. 거의 첫눈에 반했다.

그날 밤에 바로 그룹 라인이 만들어졌고, 나는 시간차도 없이 하루키에게 개인 라인을 보냈다. 그다음 주 금요일 밤엔 둘이 샤부샤부를 먹었고, 날짜가 바뀌어 토요일이 될 즈음엔 2차로 간 가게에서 와인을 마시고 있었다.

걷어올린 셔츠 아래로 보이는 가늘지도 않고 굵지도 않은 팔에 설레고, 청결감 넘치는 짧은 머리 아래 보이는 오뚝한 콧

날에 반하고, 내가 말할 때마다 내 눈을 바라보는 그 시선에 긴장하고, 웃을 때 손으로 앞머리를 헝크는 제스처에 동요하고, 앞으로 우리 어떻게 할까 하고, 여유 있게 미소 짓는 그의 얼굴을 보았을 때는 이미 모든 게 늦었다는 것쯤 알고 있었다.

체크아웃하고 밖으로 나오니 한가로운 토요일 오전 풍경이 펼쳐져 있었다. 좀 따뜻해졌네, 하고 내가 말하자, 하루키가 커피라도 마시고 갈까, 라고 했다. 나는 기쁨을 감추지 못한 채, 플릿퍼스(팬케이크 카페 브랜드—옮긴이) 가고 싶어, 하고 들떠서 말했다. 하루키는 웃으며 내 손을 잡았다. 그 순간, 마치 톱니바퀴가 돌아가기 시작하는 신호처럼 딸각 소리가 울렸고, 내 일상은 하루키를 중심으로 돌기 시작했다.

그 후 나는 하루키가 좋아한다고 한 밴드의 노래만 듣게 됐고, 함께 TV를 보다가 하루키가 귀엽다고 중얼거린 여성 탤런트들 사진을 검색해서는 저장하고, 머리 모양과 화장을 따라 했다. 하루키에게서 연락이 오면 곧장 달려갔고, "이 가게 괜찮아?" 하고 물으면 나를 위해 골라줬다는 사실이 기뻐서 언제나 고개를 끄덕였다. 블랙커피를 못 마시는 하루키를 위해 집에 우유를 항상 준비해두었고, 하루키가 "아, 우유 없네." 하고 중얼거리면 바로 편의점에 다녀왔다. 하루키가 오는 날에는 그가 좋아하는 요리를 만들었고, 하루키가 갖고 싶어 하던 스니커즈를 사기 위해 오모테산도의 가게 앞에서 몇 시간이나 줄을 서는 것쯤 조금도 힘들지 않았다.

한 번은 하루키를 만날 때, 내가 좋아하는 면 소재의 흰색 원피스를 입고 갔더니, 하루키가 "뭔가 하이디 같네, 히토미는 그런 걸 좋아하는구나." 하고 난감한 듯 웃은 적이 있다. 그때 이후로는 내가 좋아하는 옷들은 옷장 구석으로 밀어 넣고 조금 더 화려한 옷을 몇 벌 사 입었다. 그랬더니 하루키는 기뻐하며 "히토미, 오늘 귀엽네." 하고 웃어주었다.

언제부턴가 옷이며 가방, 화장품을 살 때마다 '하루키가 좋아할까, 어떨까'만이 판단의 기준이 되었고, 예전엔 관심도 없던 네일 살롱에도 부지런히 다니게 되었다. 하지만 내가 하루키를 위해 이런저런 선택을 거듭하는 것과는 반대로, 하루키와 만나는 일이 점점 줄어들었고, 금요일 밤 일정을 물어도 답장조차 오지 않는 일이 허다해졌다. 그래도 갑자기 전화가 걸려오면, 그게 설령 수요일 심야여도 하루키의 집까지 날다시피 갔다.

하루키가 "여기 좋아?" 하고 묻는 가게나 호텔이 조금씩 더 싸고 허술해지는 것도 느꼈지만, 그래도 언제나 고개를 끄덕였고, 그런 건 상관없었다. 하루키가 내 긴 머리칼을 만지며 "보브도 어울릴 것 같네." 하고 무심히 말했던 그 주말, 나는 곧바로 머리칼을 잘랐다. 그리고 보브 컷을 한 내 사진을 하루키에게 보내자, 활기 넘치는 코알라가 엄지를 치켜든 이모티콘 하나만 달랑 돌아왔다.

◇

"뭐지, 이거, 머리? 목? 엄청 좋은 향이 나네."

하루키와 사귀고 처음 맞은 3월의 어느 공휴일 밤, 직장 선배의 송별회 도중 하루키에게서 전화가 왔다. 나는 서둘러 자리를 빠져나와 하루키의 집으로 향했다. 초인종을 누르자마자 문이 열렸고, 조금 취한 하루키는 짧아진 머리로 드러난 내 목덜미에 그대로 얼굴을 묻고 킁킁거리며, 신기하다는 듯 그렇게 말했다.

"아, 정말?"

"응, 향이 엄청 좋아."

"있지, 하루키가 좋아할 것 같아서 샀어. 전에 하루키가 칭찬해줬던 헤어미스트가 플로라 계열이었잖아."

"이거 어디 향수야?"

"불가리."

"오, 좋네. 난 하이브랜드 갖고 있는 여자 좋더라."

"그래? 예를 들어 어떤 하이브랜드?"

"배고프다."

184

“어, 뭐 먹고 싶은 거 있어? 난 회사 송별회에서 곱창전골 먹었는데.”

“음, 라멘?”

“응, 알겠어.” 하고 웃는 내 허리에 하루키가 장난스럽게 팔을 두르며, 후훗 하고 웃은 뒤 문을 닫았다.

그날 이후, 혹시 하루키가 좋아할지도 모른다는 이유로 무심코 산 향수는 어느새 가장 아끼는 애장품이 되었다. 하루키가 칭찬해준 향수, 하루키가 좋아해준 향, 하루키가 좋아한 여자. 하루키를 만나러 갈 때는 물론이고, 불시에 만나게 될 때를 대비해 작은 병에 덜어 늘 갖고 다녔다. 향수를 뿌리고 나면 현관에서, 주방에서, 거실에서, 침대에서 하루키는 연신 “히토미 향이네, 너무 좋다.” 하고 행복한 듯 말해주었지만, 내게 그것은 더 이상 나의 향이 아니라, 하루키의 향이었다. 하루키를 위해 있는, 하루키를 위해서만 존재하는, 하루키의 향수였다.

하루키와 만나는 횟수는 눈에 띄게 줄었지만, 그 향을 두른 채 하루키와 세 번 정도의 계절을 함께 보냈을 무렵, 마침내 하루키에게서 오는 연락은 거의 끊겼다. 전화가 걸려오는 일은커녕, 내가 전화를 해도 받지 않았고, 메시지를 보내도 읽음 표시조차 뜨지 않았다. 그런데도 신기하게, 나는 ‘아, 그렇구나’ 하고 어딘가 냉정하게 하루키의 부재를 받아들였다.

하루키가 원래는 나 같은 성격이나 외모의 여자를 좋아하지 않는다는 건 예전부터 알고 있었다. 하루키에게 맞춰 행동하는 내 모습이 점점 비참해진다는 것도, 하루키가 나를 얕본다는 것도, 이미 오래전에 눈치채고 있었다. 그럼에도 사랑받고 싶어서, 사랑받고 있다고 믿고 싶어서, 그렇게 기를 쓰면 쓸수록 하루키가 내게서 멀어져간다는 것을 뼈저리게 실감하면서, 그래도 언젠가 하루키가 진심으로 나를 사랑해줄 순간이 오지 않을까 하는 기대를 멈출 수 없었다.

언젠가 하루키가 떠날 날이 오리라는 사실만은 막연하면서도 분명히 예감했었기에, 향수라는 건 일종의 연명 장치였다. 아마 그것을 알고 있어서인지, 아니면 어른이 되어 뻔뻔해진 탓인지, 첫사랑의 실연처럼 울부짖지도 않았고, 친구들에게 아침까지 하소연을 늘어놓지도 않았다. 하루키가 사라진 일상을 그저 담담히 받아들이고 체념한 채 지냈다. 그러면서도 문득 어떤 계기로 하루키에게서 전화가 걸려올지도 모른다고, 불현듯 하루키를 떠올리며 작은 기대를 품기도 하며 그가 떠난 계절을 그냥 그렇게 흘려보냈다.

◇

"어떤 향을 찾으세요?"

기왕 이렇게 된 김에 매그놀리아 향이 은근히 남아 있는 침실을 뒤로하고, 일요일 낮에 새 향수를 사러 이세탄 백화점으로 향했다.

"어떤 향, 아, 매그놀리아 향이라든가."

"아, 좋네요. 매그놀리아 향이 강한 거라면 이쪽에."

"아, 아뇨, 역시."

"네."

"아, 아니, 역시 매그놀리아 말고, 좀, 저기."

"네."

"아."

그러고서야 비로소 깨달았다. 나는 어떤 향을 좋아하는지, 애초에 좋아하는 향이란 게 있었는지조차 이제 알 수 없어졌다. 하루키를 위해 자르고 염색한 머리, 하루키를 위해 산 옷, 하루키가 칭찬해준 가방을 오늘도 들고 있는 나는, 하루키가 사라진 지금 바람조차 스쳐 지나갈 만큼 텅 빈 껍데기 같았다. 나를 위한 선택이 아니라 하루키를 위한 선택을 할 때마다, 그는 웃었고 기뻐했다. 그것이 곧 내 기쁨이었다. 하지만 그럴수록 나는 나를 잃어갔다. 그래도 하루키가 곁에 있을 때는 그런 건 아무래도 좋았는데, 그가 떠나버린 지금은 내가 무엇을 위해, 누구를 위해, 무엇을 하며 살아가야 하는지 알 수 없어졌다.

화려한 향수들이 늘어선 진열장 앞에서야 비로소 느낀 그 상실감의 정체가 하루키를 잃은 것인지, 아니면 내가 나 자신의 윤곽을 잃은 것인지는 알 수 없다. 지난 2년은 대체 무엇이었을까. 나는 지금까지 무엇을 한 걸까. 그렇게 스스로에게 묻다 보니, 어이가 없어서 웃음이 났다가, 서서히 눈물이 차올라서 당황했다. 나는 하루키를 좋아했지만, 하루키가 곁에 두었던 나라는 사람은 과연 누구였을까. 하루키 때문에 나의 무언가를 바꾸거나 고치지 않아도 됐을 텐데, 하는 후회가 자꾸만 밀려왔다. 하지만 나를 내어주고 하루키 곁에 머무는 길을 택한 것도 결국은 나였다.

첫 향은 달콤하고 신선하며 화려한 꽃들이 한데 모인 듯한 플로럴한 향이 나는데, 잔향에는 샌달우드가 스며든 머스크가 은은히 감도는 그 향수를 뿌린 나는 행복했을까. 분명, 무척 행복했다. 행복했을 터인데, 어째서 행복했는지 어땠는지를 이렇게도 끝없이 되묻게 되는 걸까.

눈앞 진열대에 줄지어 놓인 화려한 병들 가운데, 내가 진심으로 마음에 드는 향수를 하나 사자. 설령 누가 좋다느니 나쁘

다느니 해도, 내가 좋아하니까, 하고 자신 있게 계속 뿌릴 수 있
는 향수를 하나, 그리고 그것을 뿌리며 살아갈 내 인생을 하나,
손에 넣고 싶다고, 점원이 난감한 표정으로 조심스레 내민 티
슈조차 받지 않은 채, 진열대 조명에 비쳐 색색으로 빛나는 아
름다운 향수들을 기도하듯 바라보았다.

"연애 이야기를 한번 써주셨으면 해서요."

아사히신문 웹 매거진 편집자가 그렇게 말했을 때, 가볍게 '알겠습니다' 하고 시작한 연재가, 어느새 4년 전 일이 되었다.

하지만 내게 연애라는 장르의 서랍 같은 건 별로 없다. 아니, 별로라고 허세를 부린 것을 사과해야 한다. 거의 없다. 거의라고 아직도 허세를 부리는 것이 부끄럽다. 완전히, 없다.

그래서인지, 아니면 그 때문인지는 알 수 없지만, 몇 번을 다시 읽어봐도 내가 쓰는 건 한없이 시시한 얘기뿐이다. 정말 시시하다. 게다가 가끔 구질구질하기도 하다. 그런데도 연재를 시작했을 때부터 많은 분들이 관심을 보내주셨고, 글이 올라올 때마다 쏟아지는 다양한 반응에 힘입어 마침내 이렇게 한 권의

책으로 엮을 수 있었다. 그 사실이 무엇보다 고맙고, 그저 모든 분께 감사드리고 싶은 마음뿐이다.

내가 멋대로 만든 등장인물들이고, 멋대로 만든 대사인데도 한 줄 한 줄 써 내려가다 보면 몇 번이고 야, 너거 좀 시끄럽다, 하는 생각이 들었다. 뭐 하노, 정신 좀 차리래이 하고 중얼거리듯 쓰기도 했다. 공감했어요, 라고 말해주는 사람들에게는 무슨 소리하는 거야, 행복하게 살아줘, 하고 말했다.

제목은 원래 《단디 해라》로 하고 싶었지만, 아무리 그래도 그건 너무하다고 담당 편집자 두 사람에게 보기 좋게 저지당했다. 그다음엔 《니는 닥쳐, 그리고 니는 말해》로 하려 했으나, 이번에는 트리오 만담꾼의 만담 같다고 해서 또 보기 좋게 저지당했다. 결국 최종적으로 앞의 두 후보보다 부드럽고 분위기 좋은 제목으로 결정되었다. 초반의 제목들을 막아준 두 사람, 그리고 마지막까지 원고 마감에 함께하며 끝까지 곁을 지켜준 그 두 사람에게 감사의 마음을 전하고 싶다(도중에 한 사람은 잡지 『뉴턴』 편집부로 옮겨 회의 때마다 『뉴턴』을 챙겨주었지만, 그 점은 굳이 감사하지 않겠다).

그리고 띠지에 추천사를 써주신 두 분의 위대한 작가님께도 깊은 감사를 드립니다. 저는 두 분처럼 독자에게 등불이 될 만한 무언가를 짜낼 줄 모릅니다. 오히려 등불을 꺼트리는 얄미운 대사를 쓰는 게 특기입니다만, 다정한 말로 이 책을 감싸주셔서 정말로 감사드립니다.

그리고 여기까지 읽어주신 당신에게, 짤막짤막하게 엮어낸 이 우둔한 사람들의 우둔한 말과 행동을 되풀이하는 우둔한 이야기가 어떤 의미로 남을지는 알 수 없다. 그저, 당신의 인생 어느 순간에, 아, 나도 언젠가 읽었던 그 책 속 인물처럼 참 우둔하구나, 하고 피식 웃어준다면, 그것만으로도 최고의 기쁨일 것이다.

때로는 소소하고, 때로는 그렇지 않기도 하지만, 등장인물들의 생각이나 말과 행동에는 객관적으로 보면 뻔히 보이는 어설픔을 담았다. 그들이 거슬리고, 잘난 척하고, 미숙하고, 어딘가 불편하게 느껴질 수도 있지만, 그런 순간들마저도 비록 아름답지는 않더라도 나름대로 빛나고 있다고 생각하고 싶었다.

사소한 이야기들이었지만, 끝까지 읽어주셔서 감사와 함께 수고하셨다는 마음을 전하고 싶다. 후기랍시고 변명 같은 말을 늘어놓은 건 아닌지, 입을 다물고 있지 못해 괜히 모양새만 구긴 듯하다.

연애 세포가 소생하는 연애 소설

히코로히 씨는 전천후로 활약하는 연예인이자 작가다. 일단 본업은 핀 게이닌이다. 핀 게이닌이란 혼자 무대에 서서 개그를 선보이는 솔로 코미디언을 말한다. 연극과 드라마, 영화에서 연기도 하고, TV와 라디오에서 진행도 한다. 잡지나 웹 매체에 에세이도 연재하고, 각본도 쓴다. 그야말로 타의 추종을 불허하는 N잡러다. 이보다 더 다재다능할 수 있을까. 심지어 한국어까지 네이티브 수준이다.

올해 두 달 동안 도쿄에 머문 적이 있는데, 그때 이 작품을 번역했다. 하루는 숙소에서 작업하던 중 TV를 켰더니 히코로히 씨가 진행자로 나오고 있는 게 아닌가. 참으로 진기한 경험이었다. 작가를 보며 번역하다니. 이른바 걸 크러시로 통하는

히코로히 씨는, 적재적소에서 바른 소리를 하고 위트 넘치는
멘트를 날렸다. 코미디언이지만, 목소리가 크거나 톤이 높지도
않고, 말이 많은 편도 아니다. 그래서 사람들은 더욱 히코로히
씨의 말에 귀를 기울인다. 그 후로 종종 같은 시간에 TV를 켜
면 그를 만날 수 있었다. 인생의 희로애락에 연연하지 않을 것
같은 쿨한 모습이 무덤덤한 이 작품의 분위기와 흡사했다. "음
울하거나 풍자적인 유머가 섞인 코미디를 쓰고, 또 하고 있습
니다. 분명 여러분도 좋아해 주실 거로 생각합니다." 이것은 그
의 인스타에 있는 자기소개 글이다.

이 소설《닿지 못해 닳은 사랑(원제: 黙って喋って)》은 열여덟 편
의 짧은 연애 이야기로 이루어졌다. 각 편의 제목은 이야기 중
에 나오는 대사다. '코미디언이 쓴 소설'이라는 편견을 안고 번
역을 시작했지만, 이내 그 사실을 잊고 작품 속에 빠졌다. 빠지
다 못해 소멸한 지 오래되어 흔적조차 없어진 연애 세포가 소
생하는 느낌마저 들었다. 그렇다고 예쁘고 설레는 사랑 이야기
가 아니다. 열여덟 편 전부 이보다 찌질할 수 없다 싶은 이야기
뿐이다. 나쁜 남자를 좋아하는 여자, 나쁜 여자를 좋아하는 남
자, 짝 있는 사람을 좋아하는 남녀, 서툴러서 표현하지 못하는
남녀, 어수룩한 시절 한 번쯤은 겪었을 법한 친구 이상 연인 미
만인 자와의 섬씽과 심리를, 무릎을 '탁' 칠 만큼 기가 막히게

애를 하지 않는 사람도, 연애를 하는 사람도 배울 게 많은 연애 소설이다. 책 어디에도 연애 지침은 없지만, 읽다 보면 자연스럽게 이런 연애는 하지 말아야겠다는 깨달음을 얻게 된다. 번역을 하며 딸에게도 "이 책 나오면 꼭 읽어봐." 하는 말을 몇 번이나 했다. 아무래도 성인인 딸이 있다 보니, 장면 장면에 감정이입을 하게 된다. 너는 이런 남자 좋아하지 말고, 이런 연애 하지 마, 하는 엄마 마음.

《닿지 못해 닳은 사랑》은 낭만적이지도 극적이지도 않은, 평범한 연애 소설이다. 픽션으로 보고 듣던 선남선녀의 멋있는 연애가 아니라 누구나 한 번쯤 경험했을 법한 논픽션 연애다. 그래서 더 어설픈 대사들에 가슴이 설렌다. 독자를 설레게 만드는 것이 연애 소설의 목적이라면 이 소설은 찐이다. 이것이 흔한 옮긴이의 글에 등장하는 과장된 표현이 아니라는 것은 번역을 마치고 나서 들려온 '제31회 시마세 연애문학상' 수상 소식이 증명해 준다. 이 상은 문학적 완성도와 대중의 인기를 골고루 갖춘 작품에 주는 상으로, 역대 수상자로는 요시다 슈이치, 미우라 시온, 에쿠니 가오리 등이 있다. 코미디언이 첫 소설로 이런 문학상을 받다니! 하는 놀라움은 없었다. "아, 역시." 하고 끄덕거렸다. 한 단어, 한 문장 번역한 사람으로서 연애 소설의 정수임을 누구보다 잘 알고 있었으니까.

아, 번역 이야기가 나온 김에 덧붙이고 싶은 말이 있다. 이 소설은 문장이 아주 길다. 마침표를 찍지 않고, 계속 쉼표로 이어진다. 이를테면 짧은 개그가 아니라 긴 만담 같다. 히코로히 씨만의 독특한 색깔이어서 옮기는 사람은 그대로 살리고 싶다. 그러나 일본 소설은 세로쓰기를 해서 장문이어도 큰 부담이 되지 않지만, 우리처럼 가로쓰기일 때는 복수의 절을 쉼표로 이어가면 읽기에 벅차다. 게다가 편집자와 독자는 단문을 선호한다. 옮긴이는 항상 이 가운데에서 고민하는 위치이지만, 독자의 가독성을 염두에 두며 되도록 작가의 긴 호흡을 남기고 싶었다. 얼마 전, 갈치 전문점에서 통째로 기다랗게 나온 갈치를, 점원이 형체는 그대로 남기고 먹기 좋게 손질해주는 것을 보며, 아, 번역하는 것과 같네, 라는 생각을 했다. 제주 갈치처럼 은빛 나는 히코로히 씨의 길고 긴 문장, 정성껏 손질했지만, 미처 발견하지 못한 잔가시가 있다면 용서해주세요.

앞으로는 코미디와 연기를 하는 히코로히 씨는 물론, 소설가 히코로히 씨도 자주 만나게 되길 바라며.

권남희